坊っちゃんの世界史像

竹内真澄

本の泉社

はじめに

芸術は長し、されど人生は短しという。宇宙は大きく、人間は小さい。およそ、与えられた時間や空間は極端に狭く、為すべくして為しえないことは多い。

ここ二〇年ばかり、毎日散歩していると、月の満ち欠け、四季の移ろいが身に沁みとおる。天と地のあいだに人間は生きているのだ。ところが人間は、天地の隙間に巨大な「社会」をつくった。社会の始まりは、アリ塚のような粗末なものだったが、だんだん立派なものになり、ついに大高層ビル群となり、きらきら輝いて、さながらバベルの塔のごときものになった。「社会」は天があることも、地があることも忘れて悦に入っている。

西洋社会とは、つまるところ天人分裂である。天（自然）から人間が独立して、ついには人間が天（自然）を支配することをよいことだと考えてきた。しかし、東洋社会はながらく天人合一でやってきたはずであった。ところが、時の勢いというものがあって、東洋は変わらねばならないという人を大量に排出した。日本近代の偉人とはほとんど東洋を捨てた人ばかりである。

いま、つくづく思う。日本は中国になろうとしてなりえず、西洋になろうとしてなりえず、純粋日本になろうとして敗れた国である。その後はと言えば、もうグダグダではなかろうか。E・H・エリクソンふうに言えば、アイデンティティの危機だけを好んで生きてきたような、まことに不思議な国である。さまよう子羊の国である。まったく困ったもんだと言うべきだろうか。

必ずしもそうではあるまい。考えようによってはこれは天啓かもしれない。そのように考えたのがひょっとすると夏目漱石（言いかえれば坊っちゃん）だった。それで、表題を決めた。ここ数年書きためたもののうちから比較的やわらかいものを集めた。どこから読んでいただいても結構である。できれば働く中年の皆さんに電車の中で読んでいただければと願っている。

二〇二四年三月二三日　竹内真澄

目次

第１章　坊っちゃんの世界史像

はじめに

個人的な思い出話がよい。ぼくは小学三年生であった。国語の朗読で指名されて、『坊っちゃん』の抜粋を読まされた。教科書がどこを抜粋するかは教科書の勝手である。ぼくなら、宿直のバッタ事件のやりとりを子どもに読ませたいが、そうではなかった。確かめてみると、そこは、中途半端な箇所であった。

「その三円を蝦蟇口へ入れて、懐へ入れたなり便所へ行ったら、すぽりと後架の中へ落してしまった。仕方がないから、のそのそ出て来て実はこれこれだと清に話したところが、清は早速竹の棒を捜して来て、取ってあげますと言った。しばらくすると井戸端でざあざあ音がするから、出てみたら竹の先へ蝦蟇口の紐を引き掛けたのを水で洗っていた。それから口をあけて壱円札を改めたら茶色になって模様が消えかかっていた。清は火鉢で乾かして、これでいいでしょうと出した。ちょっとかいでみて臭いやと言ったら、それじゃお出しなさい、取り換えて来てあげますからと、どこでどうごまかしたか札のかわりに銀貨を三円持って来た」。

ここを読んだ。すると、そのシーンがありありと頭のなかに浮かんできて、急に可笑しくなり、教科書を顔の前に開けたままげらげら笑ってしまった。そして止まらなくなった。先生は困った顔になり、友達は僕をとがめた。それでようやく正気に戻った次第である。これが『坊っちゃん』との初めての出会いだった。以来、漱石を好んで読む。『坊っちゃん』については、あれから六〇年たったのでだいぶん解釈が進んだ。その一端をここに書き留めておきたい。

1　西洋対東洋

『坊っちゃん』（一九〇六）は東大批判の書であるという半藤一利説[1]や江戸と明治の対決だという渡部直己説[2]など、それぞれ参考になる。けれども、僕がここで言おうとするのは、これは東西思想の対決だという説である。

漱石は一八九三年に東京帝大英文科大学院生になった翌年、神経衰弱になった。兵役や進路問題で悩んでいたからだと思われる。一八九五年愛媛県尋常中学校に赴任し、松山で一年間英語教師を務めた。一八九六年から熊本第五中学に移り、一九〇〇年に国費留学生としてロンドンに派遣された。

一九〇一年寺田寅彦宛の手紙で言う。「学問をやるならコスモポリタンのものに限り候。英文学なんかは縁の下の力持ち、日本へ帰ってもイギリスにおってもあたまの上がる瀬はこれなく候」[3]。漱石は国民文学の父などと言われることがあるが、彼自身は国民をかついだりしない科学を学問の理想と仰いでいた。

一九〇三年一月に帰国したあと、東大英文科講師となった。一九〇六年二月入試委員を委嘱されたのがもとで教授会と対立し、三月一四日『坊っちゃん』の構想をえた[4]。半藤一利さんの説はこのタイミングに注目したものである。早く小説を書きたいという気持ちが強かったのと裏腹に英文科教授会がさほど立派なものなのかという疑念が漱石にはある。果たして英語で飯を食っているような奴らが尊敬できる人々なのかという反骨があり、英語はコスモポリタニズムに反するとの思いすらあったのではないか。

二〇世紀初頭の世界は、まだ大英帝国の世界支配が続いていた。漱石は英文科の教授連中が鼻持ちならぬ権威主義者である理由は、西洋文明に日本がなびいていることから来ていると思っている。漱石は二松学舎で漢学をまなび、後に英語に転じたから、教養は広い。「余が文章に裨益せし書籍」[5]（一九〇六）によれば、英文、国文、漢文をこなし、とりわけ漢文では荻生徂徠一派、安井息軒、林鶴梁といった儒学者をあげた。つまり、東洋思想と西洋思想を内部で葛藤させたり、組み合わせたりする素養があった。

『坊っちゃん』の直後に書かれた『草枕』（一九〇六）も一種の東西対決である。英語は、現在でもそうであるように、一種の権力的科目で、英語教師は学内で肩で風を切って歩く者である。松山中学は愛媛の最高学府で東大を出た文学士が英語を教えた。漱石自身がまさにそれである。「赤シャツは即ち私のことにならなければならん」[6]というのは、漱石が日本の教師の序列（赤シャツは東大出の学士で、坊っちゃんは物理専門学校出だ）を意識していることを示す。

物語では、教頭の赤シャツは、中学の人事権をもち、狸校長と一緒になって、町全体を動かすほどの権力を握っている。英語教師が権力者であるのは、世界を大英帝国が動かすことのおこぼれである。大英帝国―大日本帝国―四国松山という近代世界システムの位階制のなかに坊っちゃんははめ込まれている。

むろん、坊っちゃんは漱石のもう一つの分身である。元を辿れば幕府旗本の出で、瓦解によって家が没落し、仕方なく数学の教師になったものの、坊っちゃんは佐幕派の考え方を完全に捨ててはいない。漱石は「坊っちゃんという人物は或る点までは愛すべく、同情を表すべき価値のある人物であるが、単純すぎて経験が乏し過ぎて現今のような複雑な社会には円満に生存しにくい人」(7)と論じている。坊っちゃんは、直情的で、正義感をふりまわす。「おれはあたまがわるいから」が口癖だ。「あたまのわるさ」は、ＩＱが低いということではない。物理専門学校卒だからかなり優秀である。ただ時代の動きに対して不器用ということである。

また彼の正義感は「親譲りの無鉄砲で小供の時から損ばかりしている」という遺伝的なものではなく、損得よりも義を重んじるという武家の儒教思想を受け継いだということにほかならない。東西の枠で見れば、儒教思想は「君子は義にさとり、小人は利にさとる」(8)とするもので、反功利主義的だ。それゆえに坊っちゃんは明治政府には本能的に反感をもっている。だから、日本近代化に抵抗するときに拠り所にしたのは「孔子様」なのであった。赤シャツは功利主義者であり、皆が利で動くものと思い込んでいる。マドンナの婚約者であるうらなり君を異動させて、マドンナを奪うつもりだ。こういう悪だくみを持って坊っちゃんの給料（利）を上げてやろうと誘惑する。

ところが、坊っちゃんはこれを断固断る。このとき「金や威力や理屈で人間の心が買えるものなら、高利貸しでも巡査でも大学教授でも一番に人に好かれなくてはならない」と言う。何と言っても、うらなり君を救うのが正義であるから、自分の給料をあげてやるという誘惑に負けてはならない。義によって坊っちゃんは利を退けた。

また別のシーンでは「履歴より義理が大切です」とも言う。ここが不器用なのである。この儒教的正義感からみると、策士である赤シャツは「ハイカラ野郎の、ペテン師の、イカサマ師の、猫っかぶりの、香具師の、モモンガーの、岡っ引きの、わんわん鳴けば犬も同然な奴」なのである。

読者はなんだか痛快さを感じる。この痛快さは、どこからきているか。結局のところ、近代世界システムにたいする抵抗という深いところから来ている。つまり坊っちゃんは、大英帝国―大日本帝国―四国松山という近代世界システムの末端で闘っているから骨が太いのである。

半藤説にぼくは賛成だが、東大で講師が引き起こした権力批判を、もっと小さい田舎の中学の話に置き換えて寓話化したという解釈は、ぎゃく向けに解釈することもできる。すなわち、坊っちゃんのような「小さき人」[9]でも、実は田舎の中学で闘うことをつうじて、大日本帝国に働きかけ、さらにそれをつうじて近代世界システムに対抗することができる、いや人間はそういうかたちで抵抗するものなのだという解釈もまた可能である。

漱石ならば、そのくらいのことは考えそうではないか。西洋の功利主義にたいして東洋思想の義によって闘おうというのだ。だが、東洋の「義」は西洋の「利」にはかなわない。何故と言って、明治とは、西洋が東洋を圧倒する時代だからである。そのことを知らぬ漱石ではない。

元旗本の坊っちゃんと会津っぽの山嵐はともに東洋的後進性を体現するので、どれほど「義」をかついでも、所詮は子どもっぽい天誅をしかけることしかできず、赤シャツ一派に卵をぶつけたり、殴ったりするが、世界システムには抗しきれず、四国を去るのである。

漱石の全作品は、日本近代化批判である。『坊っちゃん』は西洋化する日本を東洋の側から批判した。しかし、現実には西洋化の波に東洋諸国はことごとく屈服するのである。では、坊っちゃんの志はナンセンスなのであろうか。皆が皆「世渡り巧くん」になったほうが賢いのか。これはなかなか本質的な問いだ。「諸君が現実世界にあって鼻の先であしらっているような坊っちゃんにもなかなか尊むべき美質があるのではないか[10]」と漱石は証言したではないか。中途半端な答えなど要らない。偉大なのは問いである。『坊っちゃん』は、東西思想の相克を世界史レベルでどう解決するのかという巨大な問いを出した思想小説なのである。

2 『坊っちゃん』の一人称 ――「おれ」「僕」「私」の相克

（1）坊っちゃんは自分を「おれ」と呼ぶ。全篇「おれ」でとおした。物語の進行役は内言の「おれ」であり、それは台詞にも現れる。ふつう代名詞「おれ」は目下の者にたいするとき使用される。生徒に対する場面、清にたいする場面、山嵐に対する場面である。ただ、山嵐は教師の先輩格なのになぜか後輩の坊っちゃんは「おれ」を使う。江戸の旗本が会津出身者より上ということなのであろうか。

（2）「僕」もある。これは「目上」「年配者」と「同僚」にたいして、主として対面状況で使われる。坊っちゃんは赤シャツに対して内言では「おれ」だが、語りでは「僕」である。たとえば「赤シャツがホホホホと笑ったのは、おれの単純なのを笑ったのだ」と内言するが、面と向かうときには「僕の前任者が、誰に乗せられたんです」と聞いている。下宿のばあさんにも「僕」を使う。山嵐にたいして坊っちゃんは「おれ」だが、山嵐は、坊っちゃんを「君」と呼んで、自分を「僕」と言う。

（３）最後に回数は少ないが「私」を使う。これは、公的な場面、たとえば職員会議での発言に出てくる。会議室は「黒い皮で張った椅子が二〇脚ばかり、長いテーブルの周囲に並んでちょっと神田の西洋料理ぐらいな格だ」とある。会議室は西洋風の公的空間だ。ここで坊っちゃんは内言で思いをめぐらせているときは「おれ」であるが、ここ一番おおいに弁じてやろうとしたとき「私は……」と言う。

このように、坊っちゃんは一人称を三種類に使い分けている。要約しよう。

①内言や目下を相手に本音で語る時「おれ」と言う。

②対面的状況で、甘えと遠慮がなかばするとき「僕」と言う。

③余所行きでものをいうとき「私」と言う。

①「おれ」は、読者をまことに心地よい感じにさせる。ざっくばらんに打ち明けてくるからだ。②「僕」は、読者を注意深くさせる。坊っちゃん、失礼してはいけないよ、でも騙されてもいけないよと応援したくなる。③公的場面での「私」は、おそらく坊っちゃんが一番苦手な場面であるから、読者を最高度に緊張させる。

『坊っちゃん』の痛快さは、「おれ」が自由奔放に暴れまわる基調がつくりだしている。「野だは大嫌いだ。こんな奴は沢庵石をつけて海の底へ沈めちまうのが日本のためだ」などはその典型である。ただ、「おれ」は、ともすると平板で独善的な一人称小説をつくりかねない。ところが、その心配はない。「おれ」は「別段たちのいいほうでもないから」、「文章がまずい上に字を知らないから」、「あまり度胸のすわった男ではないから」「おれはこういう単純な人間だから」、「頭はあまりえらくない」など実に冷静な自己分析ができている。いさぎよい。だから、読者は安心して坊っちゃんの「おれ」に感情移入できる。「おれ」はベースにある。その上で坊っちゃんは対面状況で丁寧に人に対する「僕」になったり、公的空間で「私」になったりする。それがまた読者にほどよい緊張や緩急を与える効果を持つので、小説はきびきびして引き立つのだ。

ちなみに、英語版『坊っちゃん』では、「おれ」「僕」「私」は皆「I」である。実際、英米人は、上のいずれの場面でも「I」一本で間に合うのだろう。老若男女差別はない。それはそれで民主主義的だ。しかし、日本政府は、明治以降、日本語を標準化するために、江戸時代まであったおびただしい数の一人称を刈り込んだ。森有礼初代文部大臣は、日本語を廃止して英語に変えることさえ考えていた。このため国粋主義者に殺された。

泰楽楽の研究[11]によると、江戸時代には入り組んだ身分制と男女差別によって「わたくし、わたし、おれ、わし、われ、われら、おら、おいら、わたい、わちき、わっち、こち、こちら、こちと、それがし、みども、みずから、わらわ、拙者」といった一人称が林立していた。明治政府が「国定教科書」（一九〇三）をつうじて「国語の統一」に乗りだして一人称を絞り込んだ。政府は、一人称の削減過程で、近代化一般の構造にできるだけ合致するように自我を三分割した。すなわち「俺」「僕」「私」である。私の推測では、一人称の乱立の中から漢字の裏づけあるものを選んだ。それらはすべて、古代中国にあって、輸入されたものであった。小説家もこの流れに沿って国家に協力したので、「俺」「僕」「私」を使うようになっていく。たとえば坪内逍遥『浮雲』の一人称は八種類あり、『坊っちゃん』は四種類（わたしとわたくしを区別した場合）となった。泰の研究によると『坊っちゃん』の作品全体で使われた一人称のうちなんと八七％が「おれ」だそうだ。むろん坊っちゃん自身の一人称の使い分けにおいても基調は「おれ」である。

漢字研究者の白川静によれば、「俺」の部首「奄」はおおうことである。おおう人、ないしおおわれた人が「俺」である。何によって何がおおわれているかというと、けっきょく体で心をおおっているということになるだろう。だから「おれ」とは、いわば人々から隔てられた内言の自己のことである。「僕」は社会的場面で、へりくだった「しもべ」「男のめしつかい」の意味であり、僕奴、僕隷、下僕、臣僕などにつながるから、領主に使われる者の意味だ。現代では、さほど従属性はないが、対面状況であまりよそよそしくもないが馴れ馴れしくもない場面をつくるときに「僕」をつかう。少年にたいして大人が「僕」と語りかけるのは適度な親密性を示すためである（「このクソ餓鬼」とは言わない）。「私」は東西思想のいずれでも私／公の対語である。しかし、その価値は全然違う。西欧近代において「私」は社会契約論的な「私人 private person」を指す。ところが、中国では、主体的な私人が未熟で、「私」というのは「公」に背く私利私欲という背徳性を意味するものだ。中国思想は長らく「利益を私するのは悪である」と考えてきた。しかし、近代化をすすめる明治政府としては、公私二元論にあわせて「公」と対になるものをなんとか探さねばならなくなり、背徳の「私」を無理やり近代的「私」の鋳型に注ぎ込んだとみえる。儒教的には「私」は悪だが、近代国家をつくるなら「私」を確立すべきだ。これが日本近代を貫く混乱を生んで、後になって天皇制ファシズムに利用された。[12]

このようにして、古代中国語のうえに日本の封建身分制ができあがり、一人称が林立していたところへ、西洋近代化の波が押し寄せ、近代国家が一人称を削減する過程で、内言する「俺」、対面状況の「僕」、公的場面での「私」が定着したのである。

欧米もおそらく同じように複雑な身分制度から出発したが、国家ではなく市民社会の均一化作用によって一人称を「I」に統一したのではないかと思われる。これにたいして、日本では国家が一人称を削減し、複数の位相を使い分けるところで止まったのだ。もしどの場面でも「I」で貫徹することができるなら、余計な心配や配慮、ジェンダー差別は無用である。しかし、なにぶん急ごしらえで西洋文明に適応するしかなかったから、日本近代化のなかの自我は、どれをどの場面で使えばよいかに悩まざるをえず、内言、対面状況、公的場面で一人称を使い分けることに行き着いたものと思われる。

一人称の使い分けが確立したのが、まさに漱石の時代だった。坊っちゃんが三つの一人称を使い分けているのはそのことの反映だ。このようにして、西洋近代化の波の中で、東洋の極地で独自な歴史をもつ日本の社会構造は適応を迫られ、文字が漢字、ひらがな、カタカナに三層化し、一人称も無理やり変化に適応させられたのである。東洋や日本の固有の語彙で西洋に抵抗することはできなかった。自我が三分類されてあることは、近代世界システムのなかで、日本が半周辺から中心へ背伸びする過程で固まったものだったのである。日本的自我が三つに割れているのは、決して日本独自の自由選択によるものではなく、かえって近代世界システムへの編入を強制されたからであった。我々（とくに男）はいまなお無意識のうちに自我を使い分け、もがいているのかもしれない。[13]

おわりに

漱石は講演の名手で、「現代日本の開化」「中身と形式」「私の個人主義」などを残した。人称論の視点からみると、すべて「私」で聴衆に語っている。これに対して、他人が読むことを前提しない日記で漱石は、大部分主語を省いているが、必要な場合は「余」「吾人」「我」「自分」で済ませ、めったに「私」を使わない。「余」「吾人」「我」「自分」はもちろんのこと、稀に使われる「私」も含めて、これらはすべて漱石の内言であって、G・H・ミードの自我論を援用すれば、すべて過去化され、対象化された「I（主我）」、すなわち「Me（客我）」である。だから、現在の「I」と過去化された「Me」が「内言」をつうじて連絡しあっているという意味では、漱石の自己というのは坊っちゃんの「おれ」＝「内言」に通じている。

小説の切れ味は坊っちゃんが「おれ」の位相で実に生き生きとしてダイナミックなことによる。坊っちゃんは本音でしゃべれないとき「僕」を使うので少し勢いが弱まり、「私」

を使うとき言葉が詰まって上手にしゃべれない。このことも、外来の西洋化の波に「私」（公的場面）→「僕」（対面状況）→「おれ」（内言）の順で圧迫されているからだ。

ここから先が坊っちゃんと漱石の違いが生まれるところであるが、漱石自身は、坊っちゃんのように東洋思想だけで西洋に対抗できるとは考えていない。東洋思想はせいぜい西洋思想の毒消しにすぎない。『坊っちゃん』を書く前年に、漱石はこう言っている。「徳川時代に漢文が盛んであった。……当時は志那が標準であった」、維新以降「西洋が標準である」、これでは「自己を基礎とした標準がない」（「戦後文学の趨勢」一九〇五）。「この自覚自信のない国民は国民として起つことは出来ぬ。個人としても堕落したもの、自ら立つことはできない」。ではどうやったら、普遍的な自己を立てることができるのか。

「自己を基礎とした標準」を三つの一人称のどの位相でも貫通させれば、そのときにようやく肚が座る。「俺」、「僕」、「私」のどれもみな「自己を基礎とした標準」の現れにできるようでなくてはだめだ。大人数を前にすると途端に「ええ、わたくしは～」などと甲高い声を出したりするのは野暮である。三つを「I」に一本化できなくてもよい。問題は自分がいかなる場面におかれようともぼそぼそとつぶやくぐらいでなくてはだめであろう。

坊っちゃんは保守反動だったから、いくら西洋化を批判しても負けるに決まっている。

実際負けて帰京した。だが、まだまだ坊っちゃんは若い。ではどうするか。漱石は、東洋を毒消しに使って西洋を相対化しつつ、西洋そのものの内部矛盾に寄り添って西洋を超える道を探求した。こう考えれば、坊っちゃんが東京に帰った後「街鉄の技手」になったのはなんら驚くべきことではない。逆である。坊っちゃんは理科専門学校卒で、数学に強く、ハイテクノロジーの現場で革命的精神を失うことなく闘ったのだ。そうだからこそ坊っちゃんの担当科目は漢文や国語ではなく数学だった。漱石はきちんと伏線を張って、コスモポリタンたろうとする坊っちゃんの展望を暗示したのだ。

私たちの中に、東洋一辺倒ではなく、さりとて西洋追随でもない何かが残ることを漱石は伝えたかったのではないか。これが私の『坊っちゃん』論だ。西洋化のど真ん中に生きながら「自己」を失うことなく闘う革命児坊っちゃんが生きている可能性はある。私たちは、「俺」の言い分に最大限の価値をおいて「僕」（対面状況）と「私」（公的場面）で闘い続けるしかあるまい。[14]「正義」と「功利」のアウフヘーベンだ。それが「自己を基礎とした標準」の構築である。むろん、「自己 self」というのは、後の「自己本位」の「自己」へと連絡するところのものであって、見える見えないにかかわらず外から動かされることを断固斥ける強靭なる主体である。この視点から言えば、我々の精神革命の課題は、東西思想を超えた、まことの「世界史的個体」になること以外ではない。

【注】

（1）半藤一利『続・漱石先生ぞな、もし』文芸春秋、一九九六年。
（2）渡部直己「解説―不滅の国民作家」『坊っちゃん』集英社文庫、一九九一年。
（3）三好行雄編『漱石書簡集』岩波文庫、九五頁。
（4）荒正人『増補改訂　漱石研究年表』集英社、一九八四年。
（5）「文学談」（一九〇六年）磯田光一編『漱石文芸論集』岩波文庫、一九八六年。
（6）「私の個人主義」（一九一四年）三好行雄編『漱石文明論集』岩波文庫、一九八六年、一〇八頁。
（7）前掲「文学談」、二七七頁。
（8）『論語』里仁第四。
（9）漱石は「菫ほどな小さき人に生まれたし」（一八九七年）（坪内稔典編『漱石俳句集』岩波文庫、一九九〇年）という俳句をつくった。「小さき人」とはこのことである。けれども、「小さき人」は他方で稀有壮大な世界観をもった人でもある。常に両極のあいだにあることが漱石の自己相対化をもたらす。
（10）前掲「文学談」（一九八六年）、二七八頁。
（11）泰楽楽「明治期日本文学における一人称の変遷：『吾輩は猫である』を中心に」日本文学研究、五二巻。
（12）「我が国では私的なものが端的に私的なものとして承認されたことが未だ嘗てないのである」丸山眞男『超国家主義の論理と心理』岩波文庫、二〇一五年、一八頁。

（13）村上春樹『世界の終りとハードボイルド・ワンダーランド』新潮社、一九八五年。そこには自我が「僕」「私」「俺」に分裂した人間が登場する。明治の自我の三分類は、現代では三分裂となっている。英語版ではすべて「I」となっていて、分裂のニュアンスは消えている。日本語の一人称の削減の中途半端さが、かえって高度資本主義の人間を描く上で有効であるということは、興味深い逆説である。おそらく英語で「I」を使ったとしても、表記上の「I」の統一にもかかわらず自我の分裂は進行しているのではなかろうか。

（14）漱石は「私の個人主義」のなかで「事実私どもは国家主義でもあり、世界主義でもあり、同時にまた個人主義でもあるのであります」と語った。ただし、個人主義＝国家主義＝世界主義とつないだ場合、国家主義に対しては慎重であった。個人の幸福の基礎にあるのは個人の自由であり、それを世界的につなぐと世界主義（コスモポリタニズム）が得られることは了解されやすい。しかし、もし国家主義が「個人主義なるものを蹂躙（じゅうりん）しなければ国家が亡びるような事を唱道するもの」ならば、きっぱり拒否しなければならないと述べている。「国家的道徳というものは個人的道徳に比べると、ずっと段低いもの」だという断定のウラには世界的道徳人への意欲があると見るべきであろう。

第2章　一人称主人公視点

森有正（一九一一―一九七六）が提起した一人称―三人称という問題視角には、まだ展開の余地がある。もともと森が提起したのは、二項対立方式（ここで私は、あなたのあなたになってしまう）が強く現れる日本社会と一人称―三人称が成立しているヨーロッパを文化類型論的に対比するものだった。しかし、西洋／日本といった対比がいまなお有効かどうか、森の『経験と思想』（一九七七）から半世紀たったいま、あらためて再考する必要があるだろう。だが、それは大問題なのでいまは脇におく。

もともと私が森に関心を抱いたのは、社会科学というものの「客観性」を人称論に求めるためだった。というのも、社会を客観的に見ましょう、などと言われても、社会は鉱物や植物などとは違うので、客観化する主体である当の「私」が析出されてこなければ、そんなにことは簡単ではないと思うからである。つまり、鉱物や植物を客観的に観察するようには、社会を客観的に観察することはできない。そういう問題を考えるときに、社会科学の基礎づけに人称論が有効だと思った次第である。観察者の社会にたいする関係は、認識主体と実在の関係と同じではなく、社会の中での一人称―三人称の発展過程に対応する問題圏にあるのだ。

その後、一人称―三人称の視角を追求することには、社会科学を担当する主観がどういうものか、というだけでなく、「あらゆる時代の観念や思想に否応なく相互連関性を与え、すべての思想的立場がそれとの関係で―否定をつうじてでも―自己を歴史的に位置づけるような中核あるいは座標軸に当たる思想的伝統」[1]を定立するために必要な作業であると考えるようになった。もしも、ヨーロッパ近代、インド的近代、中国的近代、朝鮮的近代、日本的近代が、いまのところ地上に「雑居」しているだけであるならば、それらを相互に内面的に位置づけ、世界的オーソドキシーとしての「雑種」をつくるための精神革命を我々人類はこれから迎えなければならないだろう。[2]

本稿では、スケッチ的に一人称―三人称と座標軸の関係を考えるのだが、それが一体何のためかと言えば、世界社会を予測不能な市場によって「自生的に」なりゆかせるのではなく、反対に思想によって建設するためには、前もって「多様な思想が内面的に交わる」

ための思想的座標軸が形成される必要があると思われるからだ。この座標軸がどのように歴史的に発展しうるか、その入り口を考えてみたい。

1　漱石（一八六七―一九一六）と魯迅（一八八一―一九三六）の一人称

漱石の最初の小説は『吾輩は猫である』（一九〇五）だ。これが最初というわけではないが、日本文学で世界を語る資格をもつ一人称がどういうふうに成立するかという問題がある。ここで、安藤宏にしたがって「特定の人物のみに寄り添って語る視点を一人称視点、全体を俯瞰するように語る視点を三人称的視点」ということにしよう。近代文学が始まるとき「作中世界を統括する主体がどのような立場と資格で語るべきなのか、という大きな課題に突き当たる」という。[3] なぜならば、小説の進行を統括するとき、「場面の実況中継に徹するべきか、特定の人物に成り代わるべきか、あるいはすべてから距離をとり、全知全能の視点にたつべきか」という問題が作家の悩むところとなったからだ。こういった問題は近代において見る自分／見られる自分、行為する自分／観察する自分、書く自分／読む自分が流動したから出てくる。最終的な答えがでたわけではない。重要なのは、問題が出てきたということである。これをめぐって二葉亭四迷や坪内逍遥が苦闘を始め、いろいろな試みが連綿とつづき、いまなお、たとえば村上春樹が『一人称単数』（文芸春秋社、二〇二〇年）を出したのも記憶に新しいくらい、問題は進行途上である。

漱石は、もちろん、近代小説の初期に一人称を模索した。彼が猫の視点を装う「吾輩」は、猫の一人称である。だが、その裏には書き手である作家の一人称が隠れている。猫と作家の二重性が面白いのである。漱石をよく読んでいた魯迅は、中国最初の近代小説「狂人日記」（一九一八）を書いた。ここに出てくる「乃公 おれ」は中国最初の近代小説の一人称なのだそうだ。「乃公おれ」は、日記の主人公で「被害妄想狂」である。

つまり、漱石の「吾輩」は明治維新後の近代を生きており、魯迅の「おれ」は辛亥革命後の近代を生きている。一般に、近代小説の一人称は、自己を対象化する自己（再帰的自己）である。図式化すると〈self → self〉という再帰的構造をもつ一人称だ。見る自分「I」と見られる自分「Ｍｅ」に自己を割っているぶんだけ自我に奥行きができた。たとえば、sich setzen のように、他動詞の「座らせる」に自分をくっつけて使えば、自己をして座らせしめる、つまり自動詞の「座る」になる。作家が主人公をして何かを行わせるのが近代小説であるから、物語ぜんたいが再帰的なのだ。

漱石も魯迅もともに近代化のなかで、特徴的な主人公の一人称を使って小説を書いて成功した。こうして近代アジアに一人称主人公視点が成立した。読者側からすれば、漱石と魯迅を読むことをつうじて、一人称主人公視点に自分を代入して世界を見ることができるようになった。その後漱石と魯迅はそれぞれ一人称小説を卒業して、三人称主人公視点を開発するに至る。

2　社会（society）とは、一人称から見て何であるか

さて、こうして近代小説の主人公は一人称として登場し、自己を存分に語るようになる。それにつれて読者は主人公やその後ろにいる作家に共感したり反発したりしながら、主人公との対比において自分の内面をのぞき込むことができるようになる。自我の奥行きが開発されてくると、当然社会にも奥行きが生まれる。社会とは、ただのっぺりしたものではない。「世の中はままならぬもの」だし現実は幾重にも歪んでいる。自我に裏や表や奥行きが出てくることで社会にもそれ相応の奥行きがあることに気づかされる。しかし、その一方で、社会は奇妙につるつるした平板なありかたも見せ始める。というのも社会は〈私人〉の集まりであるから、一人称を具有する人々は、せっかく一人称の奥行きをえたにもかかわらず、集列態（制度化された社会）に向かって束ねられるからだ。

社会の集列態化が進めば進むほど、森有正は、一人称―三人称を壊す無人称が貨幣と資本の支配のもとで「人とものの関係」を変えてしまい、「ものの主観を経験することができなくなる」と指摘していた。ものの個体性（固有の質をそなえたざらついたもの）を感じられない〈私人〉は、自己の個体性をも感覚できなくなるのは当然である。こうして実践的に惰性化した集列態のなかに私人は閉じ込められ、バスを待つ人びとの行列や会社組織や国家同士の戦争などを担ぐような人間になる。誰も殺しあうことは嫌なはずなのに、なぜ戦争が起こるのだろうという問いは、なかなか深い。答えも深くなる。一人称主人公視点が出てきて、自我の奥行きが深まるにもかかわらず、この自我は絶えず〈私人〉化され、ものを感じず、社会を自分の外にある惰性のように感じるようになるので、ますます自我と社会はちぐはぐになってしまう。両者の闘争の根源まで戻らないと社会の奇妙さ（たとえばどうして戦争は起こるのか）は説明できないようになってしまう。

第一次大戦が勃発したとき、内村鑑三（一八六一―一九三〇）のような敏感な人はこう言っている。「近代人は自己中心の人である、自己の発達、自己の修養、自己の実現と、自己、自己、自己、何事も自己である」[4]。これは、戦争とはけっきょく近代人（私人）が引き起こすものだという意味である。もちろん、どんな人も自分にとって自分は最もカワイイ絶対性である。にもかかわらず、他人にとってもその他人の自分は最もカワイイ絶対性である。ゆえに誰ひとりとして、この社会では唯一絶対の人ではありえない。皆が相対性の中で生きねばならない。本当は絶対的存在になりたいけれども、皆も同じことを考えているので、誰一人として絶対存在ではありえない。ちょうど、商品論の「全体的な、または展開された価値形態」のような「果てしない列」のうちに人は生きるしかないように、皆相対的である。

このことに文句を言わずに、お互い様じゃないかと腹をくくって生きるのが大人の世界である。漱石は「彼も人なり、我も人なり」と言ったが、それは善も悪も含んでお互い様だという意味であった。もしそうだとしたら、世の中万事お互い様だという自覚は「相対化された一人称主人公視点」を成立させる。皆が一人称主人公視点で生きているし、生きざるをえないわけであるが、いかなる一人称も相対化されるのである。それは、小経営者が互いに平等主義者でありえた時代に原型をもつ。

この原型的社会においては、まさに社会は、一人称主人公視点からみると、皆が絶対者であろうとするにもかかわらず誰も絶対者たりえないことを皆が認めているような社会である。だがこの社会の節度ある均衡はいつか必ず破れるのである。

3 「金力権力本位の社会」における一人称の序列化

「展開された価値形態」が貨幣を生むように、近代社会は節度ある均衡点で止まってはくれない。私は、〈私人〉、独立しているが、この独立は排他性を含むために淋しい個人である。独立は欲しいが淋しくて淋しくてたまらない。この寂しさをなんとかして免れるために、私人は排他性を温存し、金力と権力（または名誉）をめぐって争うことで淋しさを「解決」しようとする。

ここに図示したように、私人である私は、小経営者の平等主義を破って、金や権力を握ろうとする。漱石は、近代社会を「金力権力本位の社会」と呼んだ。金と権力を持ったら、たくさんの人びとが、あちらから会いに来る。「事業をしたいので金を貸してください」とか「先生のお力でひとつお助け願えませんか」などなど。〈私人〉は、相互の関係の内部から金力と権力を生み出すから、人々は内在的に序列化をつくるものだ。上に行くほど少数で、金と権力がある。下に行くほど多数で、金も権力もない。人間ので

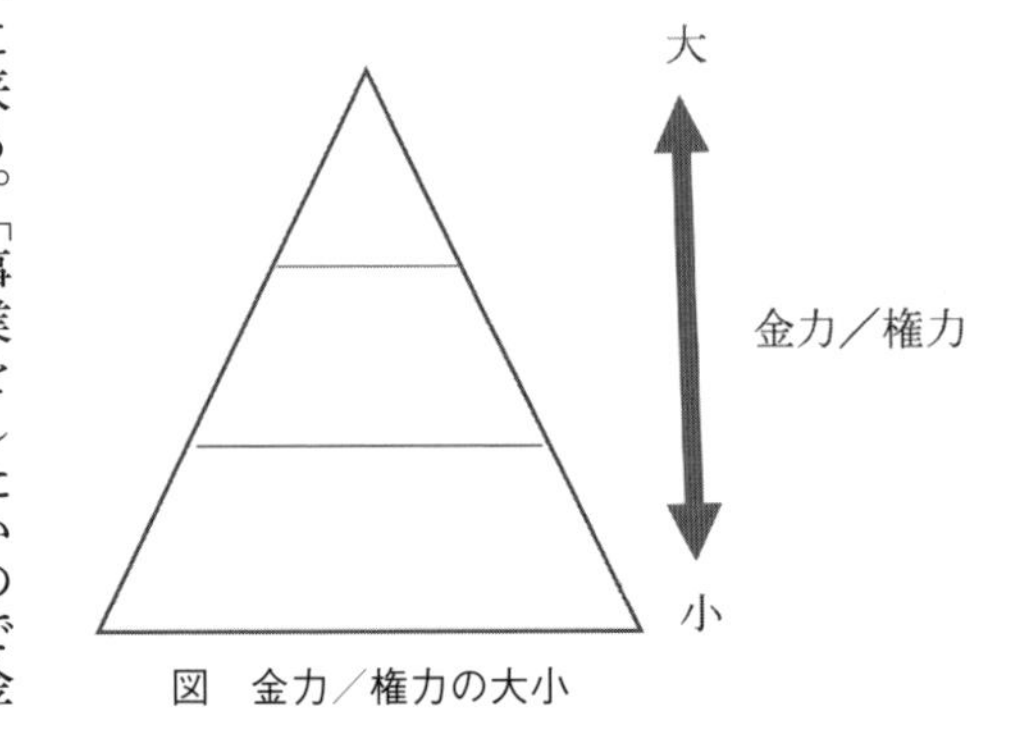

図　金力／権力の大小

はなく、〈私人〉の「本性」が制度化され、ここに「序列化された一人称主人公視点」が成立する。金と権力のある人々は、あちらから大衆が寄ってくるのだから、もう淋しくはない。銀行を考えてみたまえ。お金があるから、ひっきりなしに人が訪ねてくるじゃないか。大臣を考えてみたまえ。面会人が列をなして待っているじゃないか。これにたいして、金と権力のない者は、ふところからして淋しいし、誰も会いに来ないのだから、ひっそりとふて寝する。

中下層の人々は、近代社会であるから一応は一人称主人公視点をもっている。だが、一人称主人公視点はなくなりはせぬが、きわめて弱々しく、大地震のあとの民家のように自我が半壊している。

4　「彼ら（三人称）の中の私（一人称）」と「私の中の彼ら」

李国棟は「三人称超越視点」という面白い用語をこしらえた。たとえば「彼は故郷の土を踏む珍しさのうちに一種の淋し味さえ感じた」とか「細君は夫の前に広げてある赤い印の附いた汚ならしい書きものを眺めた」などのように、作中に登場する彼／彼女が○○したとか、彼／彼女にじかにセリフを語らせて事を進行させる場合、作家は三人称超越視点から人やものを見ているのである。安藤の言う三人称的視点を強調したものと考えればよい。漱石は『道草』以降『明暗』まで、人間の関係性を描写するとき、関係の項をなす各自について一人称主人公視点によって自在に語らせ、それを「三人称超越視点」で客観化する。「この視点の最大のメリットは、複雑な『関係性』を構成する多くの登場人物を、それぞれの立場から描写し、それぞれの登場人物にそれ相応の独立性と自己主張の権利を与えることができるという点にある」[5]。

私は、そこに少し自分なりの観察を付け足したいのだが、漱石は、『明暗』の津田やお延のような〈私人〉的な人間を認知バイアスのかかった限界付きの小者として突き放して描き、そして日本の序列社会から脱落した小林という浮浪者的人間を登場させて、津田やお延を攻撃させる。だから、漱石は鳥瞰する「超越視点」を持つ。描き方は、第一に一人称主人公視点で各自に語らせ、次に彼ら／彼女らが複数化し、絡み合う場面を三人称主人公視点（彼／彼女は○○と感じた）で描き、そのうえで〈私人〉たちが絡み合う社会が「客観的に」どこへ至るのかを作家が「三人称超越視点」で洞察するのである。

若きG・ルカーチによれば、小説は社会を見通すことのできない近代的個人＝〈私人〉が生まれたために出てきた芸術形式である[6]。小説が登場する以前にあったのは、神話や伝承のような無人称的（神の目的）な叙事詩的な視点だった。近代的個人＝私人は、不透明な市場社会に起源をもつから、近代小説にはそれ固有の歴史性があるというのだ。ともあれ、漱石が開発した「三人称超越視点」は、小説の内部にありながら、それを囲んでいる近代を内側から突き崩す可能性を示唆している。

たとえば、浮浪者小林は、津田を場末の飲み屋へ連れていき、貧乏人を軽蔑する津田に向かって、「馬鹿にするな」と一喝したりする。この場合、作家漱石は明らかに、底辺の人間である小林の主観に入り込み、中産階級的な自意識をもつところの、〈私人〉化された津田の精神を批判するのである。私の見るところ、漱石は社会の隅で我慢強く生きている人びとのなかに自分を置き、世間からは「彼ら」として疎んぜられる底辺層の三人称複数のなかに自分を同化させ、そしてそこに生成する「我々」の可能性に親しみをおぼえているように感じられる。作家漱石は、「彼ら」貧乏人に共感し、憐憫を感じ、出世主義の虜になっている津田をやっつける。漱石自身に即せば、これは「自己本位」を追求する漱石が、ほかならぬ民衆の三人称と結合したということではないだろうか。『明暗』の漱石はこのように「自己本位」を底辺社会に向かって拡張している。自己本位の自己は、ルソーの言葉を使っていえば原理としての自己愛（アムール・ド・ソア）であり、自己愛は利己心（アムール・プロプル）とは違って排他的ではない。だから自己はたえず拡大され、普遍者、三人称超越視点へ届くものである。

森有正が「一人称―三人称」と呼んだのは、「彼ら」民衆のなかに自分を読み取り、また自分の中に「彼ら」民衆を読み取る、ということなのではないだろうか。「我々」という共同主観性の形成過程の中身は、このように、「彼ら」とはすなわち「私」のことであるという経験の蓄積過程のことであろう。

こういうテーマを、漱石ほど大きなスケールではないものの、丹念に描いたのは大江健三郎だった。大江健三郎（一九三五―二〇二三）は、『われらの時代』[7]で「宏大な共生感」という言葉で世界への渇望を描いた。日本やエジプトをつないで生きるような大きな世界感覚のことであった。だが、これはとても難しい挑戦であり、けっきょく実現されなかったように見える。大江は、共同性と個体の理想の関係を求め、それを晩年まで追求した。『新しい人よ眼ざめよ』[8]では「すでにひとつに合体したものでありながら、個としてもっとも自由であるわれわれ」を書いた。

大江の場合、晩年になるにつれて、自由な個の共同性は、家族という範囲に狭められてしまった感が否めない。文芸批評家の山本昭宏が指摘するように、大江の描く家族はあたかも現実の世界の外にあるかのように描かれた[9]。

大江文学が家族を描いたから小さいということではない。描き方だ。家族を描くのなら、ある家族のスペシャルケースを象徴として描くにとどまらず、家族を社会のなかへ戻してやらねばならない。本当の困難は、家族の共同性が事例的にあるということではなく、家族の共同性が世界の共同性へストレートにつながらないように現実がつくられていることを対象化することだ。新しい人間が家族の中に生まれる。しかし、それはどこまでもある家族の、ある象徴的な意味においてでしかない。そこで止まるのなら、大江文学は感じのよい私小説であって、世界文学ではない。新しい自我＝個体性は、世界史的個体としてのみ成立する。では一体この自我はどこから生まれるのだろうか。一見したところでは、序列化されているこの世界は新しい自我を生みそうにないくらい厚い壁である。この壁は、それなりに長い歴史の中で作られたものであるから、そう簡単には壊れない。けれども、家族を含む小さい社会や友人の集まりのなかだけでなく、国民社会や世界社会の中においてさえも、金力権力本位の社会の息苦しさを訴える声は、ときには小さく、ときには大きく聞こえている。

これらの声は、序列化された世界社会の基底層から生まれる。文学者だけでなく、社会科学者も同じ声を聴いている。両者は三人称超越視点の可能性を押し広げて行く協同作業に従事する。そして実は、そのことを通じて、一人称主人公視点を三人称超越視点とのかかわりにおいて鍛えていく運命におかれるのである。この起動力なしに社会科学が普遍化する将来を望むことはできない。

【注】

(1) 丸山眞男『日本の思想』岩波新書、一九五七年、五頁。
(2) 日中の近代化を考えるに際して李国棟『魯迅と漱石の比較文学的研究』明治書院、二〇〇一年、および安藤宏の『「私」をつくる』岩波新書、二〇一五年、を参照した。二人は、ともに文学上の主人公の人称を様々に考察している。ぼくは人称論を社会科学の世界に導入しなければ、学問の「客観性」を追えないのではないかと考える。なお、「一人称主人公視点」という言葉は李から学んで使う。
(3) 安藤宏『「私」をつくる』岩波新書、二〇一五年。
(4) 内村鑑三「近代人」『内村鑑三全集⑳』岩波書店、一九八〇―一九八三年、二三九頁。
(5) 李国棟、前掲書、四二六頁。
(6) G・ルカーチ、大久保健治他訳『小説の理論』『ルカーチ著作集②』白水社、一九六八年。
(7) 大江健三郎『われらの時代』中央公論社、一九五九年。
(8) 大江健三郎「われらの時代」『新潮』一九八三年六月号、一〇頁。
(9) 山本昭宏『大江健三郎とその時代』人文書院、二〇一九年。

第３章　ビートルズ革命の世界史的意味
――レノンとマッカートニーの言葉と行動――

はじめに

二〇二三年一一月一〇日ビートルズの新曲「Now and Then」が発表され、ファンは喜んでいるという。そういう具合だから今頃になってぽつぽつビートルズを聴く。あらためて思う。ビートルズが世界を変えたとよく言われるが、世界の何をどう変えたのであろうか。また常識を打ち破ったとも言われるが、いかなる常識をどう変えたのであろうか。そう問われると、案外答えは曖昧で、人によって受け止めはさまざまである。だが、問題の焦点は社会学者Ｉ・ウォーラーステインが特徴づけた一九六八年という世界史的変革とビートルズ革命がどういうふうにつながっているか、ということでなければならない。本稿は、主としてレノンとマッカートニーの言葉と行動を素材にしてこの問題をとりあげることにしよう。

1　再帰性と三人称

たとえば、イギリスで当時シングル最高売上記録一六六万枚を樹立した「シー・ラブズ・ユー」（一九六三）の歌詞を見ておこう。

You think you lost your love,
Well I saw her yesterday - yi - yay.
She says she loves you,
And you know that can't be bad,
Yes, she loves you,
And you know you should be glad.

対訳
君はフラれたと思っている
でも昨日僕は彼女に会ったんだ。イェイ

彼女は君を愛していると言っている
それが悪いことであるはずがないことはわかるだろう
そう、彼女は君を愛している
ほら、君はやったぜと思うだろ。

たとえばガイ・クック（一九五一〜）とニール・マーサー（生年不詳、ケンブリッジ大学名誉教授）はこの歌の代名詞を研究している。[1] 二人はイギリスの応用言語学者である。これに触発されて、僕もかねてより関心を持って来た人称論の見地[2]からビートルズの詩の到達点を再構成してみよう。

ここに「僕」「君」「彼女」が出てくる。僕は仲立ち役で、君を彼女となんとか仲直りさせたい。男二人がどこかで「彼女」の話をする。彼女は他所にいるけど、僕は、君が彼女の気持ちに気づいて喜ぶのをみて嬉しい。そういう歌である。

一般に、欧米のポップスで「I love you」は余りにもありふれた歌詞だ。フランク・シナトラやエルビス・プレスリーは、そういう歌を山ほど歌った。歌手がじかにリスナーに「惚れた」と迫るような歌だ。この直接性が人を喜ばせるのだ。ビートルズにもそういう歌がないではない（P.S.I love you）。だが、レノンによれば、ポールは「毎度毎度“I love you”と歌うんじゃなくて、第三者的なものにするのはどうだろうか」と言ったという。[3] ここでポールの言う「第三者的なもの」は、私見では二つの意味を持っている。

第一に、“I love you”を第三者的なものにするというのは観察者の視点から再定義することを意味する。ちょうど『精神現象学』のヘーゲルがやったように、自己意識の現象として“I love you”を摑みなおすのである。

例えば、上の歌詞を分析すると、主文と副文（　）がある。

You think(you lost your love).

She says(she loves you).

You know (that can't be bad).

You know(you should be glad).

どの文でも主文の自我は副文の自我を対象化している。同時期の「ツイスト&シャウト」でも、You know you look so good.You know you got me goin'now.「君がイカしてるって、知ってるよね。君は、僕をその気にさせてるってことにも気づいてる」と歌う。これが再帰性である。また、「Every Little Thing」（一九六四）はWhen I'm with her I'm happy.

Just to know that she loves me.Yes I know that she loves me now.「君のそばにいると幸せさ。彼女が僕を愛してるってわかるから。今彼女は僕を愛してるってわかるよ」と歌う。"I love you"を"I think I love you"とか"You think I love you"に書き換えるのである。これらは偶然のことではなく、意識的にやられたことなのだ。

しかも、マーサーによると、この実験はwhat I think you think,what I think you think I think,what he or she think you think I think という具合に延々と続くものである。You(you[you])、she(she[she])という具合に、主と副と副々の関係が再帰的なのだ。大きなマトリョーシカのなかに小さいマトリョーシカがはいっているような形で、自己意識が玉ねぎように内包的なのである。これを表現する文をここで「入れ子文」と呼ぼう。

その昔、森永の粉ミルク缶のデザインを見て、僕はとても不思議に思ったことがある。ラベルの女性が左肩にミルク缶をもっていて、その缶にも同じラベルを貼った缶をもつ同じ女性が描かれている。女性は、どこまでも果てしなく小さくなっていくのだった。大人になってから兄にその体験を話したら、「俺は虫眼鏡でその奥がどうなっているか見たことがある」と応答したので笑った。ビートルズにもどろう。

第二に、第三者的なものとは、三人称を入れるということだ。「シー・ラヴズ・ユー」では、タイトルに三人称が導入されている。内容は男二人による彼女の噂話である。昨日「僕」が「彼女」にあったとき、「彼女」は「君」の話をした。それを今日「僕」は「君」に伝える。「彼女は君を愛しているんだ」。「君」は「僕」から「彼女」の伝言を聴く。すると君の「現在」のなかに「彼女」の「過去」が送り込まれていく。「君」は「君」のなかの「彼女」を想う。君はまるで、大きな屋敷にはいっていくみたいに、玄関から入って、次々に部屋のドアを開けていく。ひとつのドアを開けるとその向こうにまたドアがあり、どんどんドアを開けていく。その一番奥の部屋で「彼女」はひっそりと「君」を待っており、君に微笑む。……というふうに「君」は「君」のなかの「彼女」にめぐり合う。

つまり、入れ子文的時間と三人称的空間は、一種の劇中劇的な効果をもつ。劇中劇は、思い出や預言のシーンのごとく、僕たち（役者と客）を過去または未来へ連れ去る。また、三人称の「彼女」が入ってくると、不在の「彼女」のことを僕たちはあれこれ話し合うことで「ここならぬ彼方」を想像する。だから「君」は、時間や空間の扉を開けて「彼女」へワープする。

私たち三人は旧知の三者関係なのだが、お互いがお互いを思いやり、互いに鏡になりあうことで、「僕」と「君」と「彼女」は自我を映しあう旅をする。このようにつくられているのがレノン＆マッカートニーの歌詞である。これは、「僕」「君」「彼女」の間に成立する非排他的な共同体を描くのに、持ってこいの工夫であった。

クックとマーサーは、歌詞が「個人の洞察に対するもう一人の個人の洞察について厳格である」[4]と論じている。この「厳格」という言葉はある個人が別の個人を思いやる三人関係の成立を指していると思われる。

クックとマーサーは、what I think（you think〔I think〕）といった再帰的入れ子文が青春の「脅迫観念」を表したものだと言っている。「彼女」を考えるとき、「僕」は「彼女」の姿を思い浮かべる。次に、「彼女」を思い浮かべる「僕」を思い浮かべる。さらに次に、「彼女」を思い浮かべる「僕」を思い浮かべている「彼女」を空想する。青春とは、いい意味でも悪い意味でも、孤独である。この孤独は、H・アーレントが区別した孤立 lonliness（ひとりぼっち）と孤独 solitude（単独思考）をミックスしたものだ。想像の中で、「僕」は、「君」が「僕」のことを考えていてくれたらいいのにと妄想する。それがエンドレスなので、「脅迫観念」となっていく。「歌い手がひとりぼっちであり、ある時には自分があたかも愛する人に対して話しかけているかのように（自分の置かれたシーンを）想像し、またある時には、彼女について自分自身に向かって語る（かのように自分に対面する）、というものである」[5]。このようにして、入れ子文は奥行きを増殖していく。

実践の伴わない、空虚な思考の中で人は悶々として時間を費やすこともあろう。これだけ恋焦がれたら、いつかは実践に踏み込まなければならなくなる。人生がもし思索だけで完結するのであれば、これほど楽なことはない。ところが、思索は必ず実践とどこかで結びつかねば、半身を失った不完全なものでしかない。そこが誰にとっても実人生の辛いところだ。

ビートルズの歌は、一人ぼっちの悲しい青年が、ずっと彼女のことを愛しており、彼女が自分のことを思ってくれるかもしれないと考え続け、思索の底なし沼へ落ち込んでいく様を歌で対象化し、哀切に聞かせる。これは、リスナーの、同じような孤立に強烈に訴える。「再帰的入れ子文」において自己増殖を持て余した二人の自我は、孤立の中で孤独を摑み直し、能動的な生の主体に転化する。この二人が出あうならば、乾燥した枯葉に火がつくように、恋は一気に燃えあがるだろう。

ビートルズの人気は、ファッション、髪型、気さくさ、ユーモアその他複合的な要素をもつが、歌詞は十分に視聴者の自我を揺さぶった（しびれさせた）のである。

2　旧共同体とゲゼルシャフト（広い社会）における三人称の生成

旧共同体でわれわれが話すとき、「俺Ｉ」と「お前 you」だけでだいたい片がつく。車座になって長老がしゃべる。「お前は、ムラを見張れ、そしてお前は水を汲んでおけ、お前は家で年寄りの世話をしろ」。「お前」と指名されているのは別々の人物だが、会話の現場にいれば「お前」が誰を指すかは見当がつく。むろん、時々は、ここにいない奴のことを話題にすることもあろう。「あいつはどこへ行った」「あいつはイノシシを狩りに行きました」。こういうシーンでは、二人称で足りないから、三人称が生まれる。

「これ、それ、あれ」という遠隔性のある指示が対象に向けて使われたもの（指示詞）を人に使うと「この人、その人、あの人」がうまれる。「あの人」がなまって「かの人」となり、「彼」がうまれた。逆に言えば、活動の空間的広域化や時間的遠隔化が三人称を生むのである。

だが、指示詞が本格的に三人称を生むためには、もっと強い条件が必要だ。すなわち狭い旧共同体が壊れなければならない。旧共同体では皆が近しいから、たとえ三人称が生まれうるとしても、非常に弱い。大方は二人称で事足りる。旧共同体では、三人称は存在するとしても頻度は小さく、あまり発達しないのだ。

しょっちゅうすれ違い、顔をみせあっているムラの男女は、共同作業、ムラはずれ、川べり、山裾、草むらなどで互いに視線をやりとりしており、じかに触れ合うことが少なくない。閉じたムラのなかで、小さいころから見知った仲だ。都市化された近代とはだいぶ様子が違うだろう。遠距離恋愛はない。手紙、電話、メールのやり取りもない。なにもかもが、身体的で直接的である。だから「告ったり」する必要もない、「壁ドン」も不要である。あまり恋愛の手法も洗練されていないから、思いがけなく手が触れて、興奮したら押し倒して、子どもが生まれたりしたのではないか。「あれえ♡、できちゃった」。これが原始共同体である。

西洋でいつごろ三人称が登場したのか。英語圏で三人称は一三五〇―一四〇〇年までに一般化したそうだ。(6) つまり三人称は近代と関係があると見るのが自然であろう。

日本に目を転ずると、『万葉集』(七五九―七八〇)では、もうかなり広い社会が成立している。恋は遠隔化される。「君が生き日長くなるぬ山たずね 迎えか行かむ待ちにか待たむ」(磐之媛命)「君に恋ひ甚(いた)も術なみ楢山の 小松が下に立ち嘆くかも」(笠女郎)。だが、遠隔化したときでさえ、私とあなたは直接的な関係でなくてはならない。「誰そ彼と我をな問いそ九月の露にぬれつつ君待つ吾を」では、「あれは誰か」と私(君を待つ吾)のことを問わないで下さい、と歌う。私が恋する人は「君」である。たとえ遠くにいたとしても「君」であり、二人称の範囲はとても遠隔化されるのである（遠称の近称化が起こる）[7]。野口武彦は『三人称の発見まで』で、江戸時代は三人称を知らなかったことを文献的に実証した[8]。

このような点から推論していくと、旧共同体において近称（こいつ）、遠称（あいつ）が出て来て、「あいつ」から三人称は生まれうるが、社会構造上の特質により絶えず二人称の引力圏へ引き戻されたのではなかろうか。しかし、商品経済が確立してくると、AとBの契約をCが保証人となって証明するという必要が出てくる。ここで実定法的に三人称は必然化された。むろん、このような固い使用法以外にも、日常生活で商品経済の言語に対する影響は増していった。そしてついにA・スミスの言う「胸中の公平な観察者」（『道徳感情論』一七五九）が成立したのであろう。つまり、想像上で立場を交換する主体が商人であって、人は皆商人化するから「三人称」が成立するのである。これをブルジョア的三人称と呼ぼう。

商品経済は都市をつくる。都市のなかの男女は、基本的に離れており、別の家に住み、会えない日もある。リヴァプールで一人ぼっちだった若者は膨大な数だ。レノンとマッカートニーも、都市の孤立 lonliness を生き、それを孤独 solitude へ変換したのだ。都市では家族はゲゼルシャフトの中のゲマインシャフトである。だが若者は、家族という親密圏の外にもうひとつ友人の親密圏をつくるだろう。これは、家族ではない赤の他人otherが共感しあう親密圏である。そこから「She loves you」や「Every Little Thing」が出てくる。ここで使われた三人称は、ありふれたものであり、まだブルジョア的三人称と区別できない。

3　ベートーヴェンとの対比

ロマン・ロランは、ベートーヴェン（一七七〇〜一八二七）について興味深いことをいくつも書いている。[9]ベートーヴェンはフランス革命に感激する共和主義者であった。「彼は無限の自由と国家的独立との主張に加担していた。……誰しもが国の政治に携わり得ることをのぞんでいた」と親友のシントラーの言葉を引いている。共和主義とはベートーヴェンにとってたんなる政治思想ではなく、「世に最も高名の人々に向かってさえ何でも平気で話す権利が自分にはある」という実践感覚である。戦うベートーヴェンは孤独である。一八一六年の手記で「自分は一人も友を持たない。世界中に独りぼっちだ」と書いている。孤独感はいやがおうでも音楽を共同世界へ昇華させる。これが意志の強さをつくる。ベートーヴェンは甥宛に書いた。「今の時代にとって必要なのは、ケチな狡い卑怯な乞食根性を人間の魂から払い落とすような剛気な精神の人々である」。こうした自我は、ブルジョア的三人称の可能性を彼がつかんでいたことを示している。

丸山眞男は、「ベートーヴェンにおいて、溢れんばかりの混沌と生の非合理性が見事に形式―具体的にはソナタ形式―にまで形象化される、その両方の要素のはりつめた緊張と均衡[10]」を指摘するが、このことはベートーヴェンの芸術世界がブルジョア的一人称＝三人称の最高の高みにあったことを示している。なぜなら、ベートーヴェン自身が「音楽は精神生活を感覚生活へ媒介するもの Vermittlung である」と述べたからである。

４　ビートルズの階級性

二〇世紀の音楽にとって所与の要素は①西洋クラッシック音楽②民族音楽（農民・労働者の音楽）③黒人音楽である。[11]ビートルズは普通ロックと言われるが、これら三つの要素を「下から」の基軸で総合したものだ。①はブルジョア的な要素であるが、②③は民衆的なものである。一見矛盾があるものだが、強力な「下から」の機軸を摑めば背反しない。

里中哲彦『教養として学んでおきたいビートルズ』はこの点で示唆的な本だ。第１章「出会いと誕生」に「『階級意識』の変容」という、音楽論にしては珍しく社会学的な指摘をしている。それによると、古い身分制と新しい階層が混ざっているのがイギリスだが、四人は主観的か（レノン）、または客観的に（残りの三人）労働者階級の出自だった。ビートルズは自分たちが「下」であることを別段隠すこともなく、「貧しい身だからこそロックンローラーになったのだ」という。そして「とにかく、いいものはいい」という感覚を、階級や階層を超えて認識させた。これがビートルズ現象だったと指摘する。[12]

　およそビートルズの出自と表現には強い相関がある。それを最大限に押し出したのは、レノンの「Working class Hero 労働者階級のヒーロー」（プラスティック・オノ・バンド『ジョンの魂』に収録、一九七〇年）である。「生まれたとたんに奴らは　君が取るに足りない人間だと感じさせる　考える暇なんてまったく与えない　しまいにゃ苦痛が大きくて、何にも感じられなくなるのさ　労働者階級のヒーローってのはなるべき何かなんだ　労働者階級のヒーローってのはなるべき何かなんだ」。「奴ら」というのは既成の自由主義社会をさす。もしもある程度の物質的な豊かさをえられたとしても、その豊かさなるものは労働者が「取るに足りない人間だ」とされた後の代償でしかない。自己のアイデンティティを皆と分かち合える世界をレノンは追求した。その結果が同時期に発表した「イマジン」「パワー・トゥ・ザ・ピープル」「Give peace a chance」などである。「イマジン」（レノンとヨーコの共作）は天国、地獄、殺す理由、死ぬ理由、宗教、国家、所有、貪欲、飢餓が存在せず、人々が平和に、世界を分かち合うイデーをはっきりと伝えた。既成の自由主義社会は物質的な豊かさを生み出すことができるとしても、道徳的・政治的な無政府状態しか生み出せないのに対して、ニュー・レフトは、自己selfの実現を支える道徳的・政治的な共同体を熱望したのである。[13]「下」からのイデーの普遍性を表現しえたアーティストはほかにもいるだろうが、レノンほど徹底的に二〇世紀の階級的公共圏を理念型として打ち出した人は存在しない。

下層だということのみならず、ローカルであることも彼らにとってマイナスではなく、アイデンティティの源であった。里中は、リヴァプールはロンドンから見ると「田舎丸だし」であったという。歌詞から見ると、myをmeと書いたりするリヴァプール訛りをビートルズは押し通したそうだ。マッカートニーはin my carをin me carと言ったりしたという。そのほか、だれでも知っているだろうがare notをain'tと言ったり、she doesn'tcareをshe don'tcareと言ったりもしている。ただし、これはリヴァプール訛りというよりも黒人訛りであろう。

ともかくレノンはその精神をズバリこう言った。

「俺たちは労働者階級の出身で、労働者階級のままであり続けた最初のシンガーだった。労働者階級だってことを堂々と口にし、イングランドで見下されているなまりも改めようとはしなかった」[14]

リヴァプールへの愛は「ストロベリー・フィールズ・フォーエヴァー」や「ペニー・レーン」で歌われたとおりだ。まったくふてぶてしいというのか、逞しいというのか、彼らは売れると故郷から離れたり、支配者に取り込まれたりするような軽薄さとは無縁であった。階級的な意味での底辺性とリヴァプールのローカル性は、彼らの弱みではなかった。①のブルジョア的三人称は、ベートーヴェンが貧民を志向した前衛性を誇ったように、もともと芸術性によってブルジョア性を部分的に克服する可能性を内抱していた。②③を基礎にブルジョア的三人称からそのブルジョア性を抜き取って三人称を受け継ぐならば、現代音楽の可能性は開けるはずであった。リヴァプールがローカルに見えるのはロンドンを世界金融資本の中心と見るからである。しかし、リヴァプールは、もっと古い歴史をもつ。ビートルズの先祖たちはアイルランドから流入した労働者であり、この港町は一五世紀末以来の三角貿易の中心でもあった。ビートルズは、後のワールド・ツアーにおいて、近代世界システムの要の位置にリヴァプールがあったことに気づいたであろう。

5　ローカルな下層の親密圏を基礎にグローバルな万人の公共圏へ連絡する実験

ここまで考えてきたことを重ねあわせてみよう。すると、ビートルズは、ローカルなリヴァプールという都市でできあがった下層階級の若者の親密圏を、ロンドンに知らしめるだけでなく、アメリカや世界へ連絡させたといえる。彼らはヒットソングをもってワールド・ツアーをやったとき世界を見た。自分たちと同じように、田舎者扱いされたり、下層扱いされたりする人々が世界中にいることを実感した。誰でもが皆多かれ少なかれ底辺性とローカリティを持つが、そこにある親密圏を交換できる場をビートルズは提供できることを実証した。

たとえば一九六四年アメリカ南部にはまだ人種隔離政策があった。フロリダ州のジャクソンビルの公演を前に、ビートルズは「黒人がどこにでも座れるようにならない限り我々は出演しない」と発言するとともに、マルティン・ルーサー・キングJr.をリーダーとする公民権運動を支持した。マッカートニーは一九六六年「僕たちは偏見にとらわれない。だから南アフリカや黒人が隔離されるような場所では絶対に演奏したくなかった。何故、黒人と白人を分けなければならないのか？　そんなのバカバカしいじゃないか」と言った。ビートルズは、旧世界のグロテスクな文化に抗して、新しい文化の正統性（orthodoxy）をまったく照れなしにつくりだしたということである。野党として吠えたのではない。新しい正統を樹立したのだ。

一九六〇年代の文化革命をよく「カウンター・カルチャー」というが、その中身はジーンズと長髪と薬物といった風俗的なものであるとされることがある。その精神的中核が何であるのか、その意味でビートルズ革命の中身が概念的に把握されてこなかった。

しかし、ビートルズの歌詞と発言を分析するならば、その「カウンター」の中身がローカル／グローバル、親密圏／公共圏、ブルジョア的／労働者階級的の三つの位相を労働者の側から総合したものであったことがわかる。このように、文化革命の意味をくっきりと概念的に把握しなければならない。

もともと初期ビートルズのローカルな親密圏には、小さい集まりのなかにある誰にでも理解できるような一人称、二人称、三人称のひな型が備わっていた。“She loves you”の分析で見た通りである。「一人称と二人称は規定された個体 Individuum であるのに対して、三人称はその性質上、複数の個別者 einzelne を連続的に指すことができる」[15]。だが、ビートルズの三人関係は、彼女がよそよそしい個別者ではなく、親密な個体でありうるように共同性を保っている。自己意識の再帰性と三人称（相互主観性）は、歌手がリスナーの自我を呼び覚まし、時間と空間を超えて繋がり合う三人の共同性のひな型だった。

これまでの多くの社会科学的な研究では、公共圏をつくるおおもとに親密圏があることが指摘されてきた。しかし親密圏（家族的／友人的）からいかにして公共圏へ内在的に突破できるか、ふたつの圏を連絡するにはどうすればいいか、十分解明されてはこなかった。[16]だがビートルズの達成を手本にすると、親密圏から公共圏への連絡はなにも難しいことではない。

すでに指摘した通り親密圏には二種類あって、家族的親密圏と友人的親密圏がある。友人的親密圏とは、小さくてローカルで、いくぶん階級的な、非血縁的他人同士がつくる親しみ intimacy である。友人的親密圏は、家族にありがちな閉塞性を打破して広がる大きなエネルギーをもっている。言語学者バンヴェニストは、「《わたし》――《あなた》は唯一性をもつが《かれ》は無数の主体でもありうるし、また何の主体でもないこともある」と述べた。[17]社会学的に敷衍すると、ブルジョア的三人称は、スミスの「公平な観察者」がそうであるように、わたし―あなたの親密性にとってよそよそしい第三者を析出する。ちょうどそれは商品Aと商品Bが貨幣を析出するようなかたちで、客観性を外へ押し出す。ところが、「She loves you」の関係は、これとはまったく違う。いまとここに現前する友人二人は、彼女を排除するのではなく、ぎゃくに、わたしは、非現前の彼女と君のヨリをもどそうとしてここに君といるのだ。これこそが、三人称を包摂する共同体のイメージなのである。友人的親密圏は世界中のローカルな場所に遍在する。だから、ビートルズが友人的親密圏を世界のどこにでもありふれた共同体に仕立てたように「Here , there and everywhere」、世界中の若者はグローバルな公共圏へ連絡しあうことができると確信した。世界中の若者は「我が内」にビートルズの蒔いた種が宿っていることに気づいた。

三人称は、もとから言えば、ブルジョア社会の商品構造が徐々につくったものである。ブルジョアジーは、冷静に他者を評価する力量を三人称を使いこなすことで身につけ、ついに世界を制覇した。しかし、ビートルズはこれを超えた。ブルジョア社会を乗り越えるとき、三人称はどうなるのか。結論から言えば、商品論(ブルジョア)的三人称からアソシエーション的三人称へ転換するのである。

6　商品論的三人称からアソシエーション的三人称へ

一般的に言うと、商品から資本への転化と、資本主義の高度な発展の中で、資本による三人称の収奪が起こる（商品論的三人称から資本主義的無人称へ）。すると、三人称＝一人称を育てたブルジョア的な三人称は資本によって脱人格化され、資本はますます無人称的＝没一人称になるのだ。資本主義的無人称とは、一種の人間主体なき疑似三人称である。人間は皆資本のクネヒト（奴隷）となってしまい、自らの意志で決定する人格的主体たることを怖れ、回避する。資本は、本質的には現象をあやつる主体である。だが、誰かの人格を介してでないと資本は状況を動かすことはできないから、人物に憑依するけれども、乗り移られた人物は疑似三人称となった資本を代弁することしかできない。だから、ただ「状況がこうだからこうするよりほかはない」と説明するだけで、もはや確固たる主体性をもたない。加えて、ＡＩの発達で、より一層人間の無人称化＝没一人称化はひどくなるだろう。

ビートルズの人称論は、こうした無人称化＝没一人称化と対抗する。それは個性のある人間的な顔をもとうとして闘う。

この人称論は誰でも参加できるオープンな特徴をもち、世界中の「僕」、「君」「彼」「彼女」が爆発的につながりあい、皆が一気に友だちになれる構造をもっている。世界中の若者たちは、ビートルズの発言が、気取らない、反官僚的なものであることを歓迎したのである。加えて、ビートルズの三人称＝一人称は、プロレタリア的な根源を手放さなかった。ビートルズは、資本を、友人的親密圏とグローバルな労働者階級的公共圏の両側から挟み撃ちにしていた。世界中の若者は、直観的にこれを理解したのである。つまり彼らはビートルズとともに、近代世界システムの無人称化＝没一人称化と対決するサークルをつくったのである。「Back in the U.S.S.R.」（一九六八）は、マイアミからソ連へ英国航空 BOAC で飛ぶ。米ソ冷戦構造と言われた人為的国家の対立を尻目に、ビートルズは若者たちにむけて国境を超えて人が愛しあうことができるのだと歌うことができた。

おわりに

一九七〇年の「イマジン」というアルバムの「兵隊にはなりたくない」を聞く。すると、レノンは「I don't wanna be a rich man mama,I don't wanna cry,I don't wanna be a poor man mama,I don't wanna fly」と歌う。貧富はいずれも人間を偏奇的なもの、おかしなものにする。「お母さん、叫んだり、飛び降りたりする人間にはなりたくない」。この短い歌詞は母子関係という自然に依拠して、人工的に作られた世界の異様さを鋭く風刺している。

レノンがビートルズ解散（一九七〇）後、だんだんラディカルになっていったのは承知のとおりである。アメリカという国の広さ、その未整理で混沌とした文化は魅力的であるが、同時に何が横槍を入れてくるのか見えない怖さをもつ。アメリカには表現の自由が一応はあるが、同時に拳銃の自由もある。

ビートルズは、一九六四年から三年連続で全米ツアーを行った。ヴェトナム戦争に対して、彼らはひるまなかった。一九六六年に彼らは異口同音に「ぼくらは、戦争は嫌いです。戦争をするなんてまちがったことです」と言った。レノンは、同年三月に「キリスト教は消滅するでしょう。弱って、しぼんでしまうでしょう。議論の余地はありません。ぼくのいうことは正しいし、正しかったと証明されるでしょう。いまでは、ぼくらはキリストより人気があります。ロックンロールとキリスト教と――どっちが先にだめになるか、そこんところはわかりませんがね」と言った。四ヵ月後アメリカの雑誌「デイト・ブック」七月号にこの発言が掲載され、南部を中心に怒りが爆発し、山と積まれたビートルズのアルバムが燃やされた。ツアーは大失敗で、彼らは空席を前に演奏したという。(18) これを最後にビートルズは二度とアメリカには行かなかった。

しかし、レノンはアメリカ嫌いになったわけではなかった。一九七四年に買ったＮＹ

のセントラルパークの西側に隣接するダコタ・ハウスに翌年落ち着き、苦労の末一九七六年グリーンカードを手に入れ、後に市民権も得た。レノンの左傾に一九六〇年代末からずっと注意していたFBIとCIAは、ブレスラーが示したように「殺意」をもったかもしれない。後知恵であるが、ロンドンや東京に拠点を置いたら、レノンはもっと長生きできたのではないかと惜しまれる。

現在のビートルズ論は、ローカル／グローバル、親密圏／公共圏、ブルジョア／労働者という三つの位相をラディカルな再帰性と人称論で貫通させた偉業を概念的に把握せず、またそれが新しい文化のスタンダードであったことを明らかにしていない。一般に「カウンター・カルチャー」と称されるものの最高の鞍部がどこにあったかを摑んでない。このために、現在の若者は六〇年代末に何が起こったかを知らないし、どういう文化を創造すればよいのか、ロール・モデルを失っている。日本の歌手は皆ビートルズに影響を受けたと口ではいうけれども、思想的核心がわかっていない。ビートルズ革命には世界史的意味があった。

第一に、前期ビートルズの歌詞に親密圏／公共圏の生成論が含まれており、人称論はとても凝ったもので、再帰的な自我論を備えており、それは自分たちの経験を世界中に普遍化させる土台となった。

第二に、六〇年代末までにビートルズは世界的な舞台を踏んで現実世界を見た。それは冷戦構造であり、ヴェトナム戦争であり、アメリカの黒人差別であったから、アイルランド系でリヴァプール出身の彼らは、世界は自分の出自が再帰的に拡張されたものであると認識した。ゆえに彼らは米公民権運動を支持し、南アフリカの人種隔離政策に反対し、イギリスの退役軍人の勲章が人殺しの結果なのにたいして自分たちが受け取る勲章は人を喜ばせてもらったものだと論じた。

第三に、後期になるとビートルズは、以上のような位相を貫通させる思想を伸ばし、音楽の三つの要素を「下から」総合した。詳細は省いたが、インド（ヒンズー教）の瞑想を取り入れて、サウンドをより世界化したばかりか、レノンは非暴力、反戦、階級意識の問題に取り組んだ。

この軌跡は、一人称から三人称への、下から上への、地方から世界への連絡の仕方となって、本質的に物凄いエネルギーで表現された。

世界中の大人たちは「不良っぽい」とビートルズを非難し、中高生に向かって「聞きに行くな」と忠告した。しかし、権力が恐れたのは、歌やメッセージそのものもさることながら、ローカルな階級意識を世界的階級意識へ爆発的に連鎖させる方法をビートルズが開発したことにあった。もしこの方法論が学ばれ、複数化され、燎原の火のように燃え広がるならば、それこそ近代世界システムが立脚する「金と権力」が望まぬ状況をつくりだすことになるからだ。

ビートルズのなし遂げたグローバルな階級的公共圏をイギリス共産党はつくれなかった。より一般化すればコミンテルン系の各国共産党は、むしろビートルズの文化革命の本質を恐れてさえいた。むしろ、階級を捨てて国民政党に収縮する傾向すら慢性的である。ゆえにビートルズを超えるグローバルな階級的公共圏の創造に成功した者はまだいないし、それをやろういう兆候も弱々しいのではなかろうか。

ビートルズは、一九六八年頃に音楽によって世界を感性的に繋いだ。それは、ウォーラーステインが論じた世界史的な革命の序章であった。[19] 序章であるというのは、言語的なイマジネーションを必要とする文芸的公共性を介した人類のコミュニケーションの形成のためには、音楽とは別の、より長期的で困難な課題の遂行が不可欠であるからだ。とするならば、我々の課題は、三つの位相を貫通する新しいスタンダードを、音楽のみならず全ジャンルで開化させることである。そこから「我々」＝彼ら／彼女らという理性の一人称複数／三人称複数が創出されるのである。

【注】

（１）イアン・イングリス編著、村上直久、古谷隆訳『ビートルズの研究』日本経済評論社、二〇〇五年、第五章。

（２）竹内真澄「三人称としての社会科学」『物語としての社会科学』桜井書店、二〇一一年。森有正は、一九六六年に、「反抗の対象となるこのブルジョア社会そのものが、すでに幾つかの革命と解放の結果であることを考えなければならない」と論じていた。しばしば森は西洋と日本を対比する西洋的近代主義者であるかのように言われるが、そうではない。森が直面したのは、当の西洋の一人称＝三人称が変革されつつあるということであり、近代個人主義が限界に来た時に、個人が再定義されるほかないということ、したがって、「経験が個人という唯一の置き換えることも避けることもできない究極的なせまい道を通って、大きい共同の世界へ、社会へつき抜け」ることが日々起こっているということであった。だから、森はスタティックな文化の型の理論（たとえばベネディクトのようなそれ）を提唱したのではなく、反対に、ブルジョア的三人称からアソシエーション的な三人称への促しを理論化した哲学者であった。

（３）一九八〇年のプレイボーイ誌で発言。*D.Sheft,All we are saying,2000* より。

（４）イアン・イングリス編、前掲書、一六〇頁。

（５）同、一五八頁。ただし（　）内は竹内の補足である。

（６）寺澤芳雄編『英語語源辞典』研究社、一九九七年、六三三頁、グリニス・チャントレル編、澤田治美監訳『オックスフォード英単語由来大辞典』柊風舎、二〇一五年、四六三頁。

(7) 佐々木信綱校・訳『万葉集』やまとうたeブックス、二〇一八年、巻十本文。万葉集で彼とは「こなたかなた」の彼方であり、遠隔化されることを意味する。一緒にいたいのに上からの命により「彼方」へ飛ばされた夫は、「彼」ではなく「あなた」である。ここで私は万葉集を共同体的心性の表現として扱う。

(8) 野口武彦『三人称の発見まで』筑摩書房、一九九四年。

(9) ロマン・ロラン、片山敏彦訳『ベートーヴェンの生涯』岩波文庫、一九三八年、一四六頁。ロランが紹介する逸話で、まだどこかに貴族的なものへの恭順を秘めているゲーテと完全に共和主義になっているベートーヴェンの対比ほど面白いものはない。あるとき、ゲーテとベートーヴェンが歩いていると、通りをルドルフ公がこちらへ向かってきた。するとゲーテは脇へ退いたのに対してベートーヴェンは道の真ん中を進んでいった。すると、ルドルフ公は帽子をとって挨拶され、大公妃も先んじて挨拶をした。あとでベートーヴェンは人間の威厳についてゲーテをたしなめたという。同、四三頁。西洋においても市民革命が達成されるまでは、一人称＝三人称が確立せず、自己を「汝にたいする汝」(二項対立図式)と捉えていた。それはブルジョア的教養小説を書いたゲーテにおいてさえまだ仕草に残っていた態度なのである。ブルジョア的共和主義は、「僕」「君」「彼／彼女」を相互に対等なものとみなす心性の表現であるから、不幸な人がいるときには「可哀そう」とみるのではなく、十分なライフチャンスを奪われたものとして見る。商品経済の中で成立した一人称＝三人称は、芸術の自律志向を貫こうとして、芸術的アヴァンギャルドの方向に進む。それゆえにこの前衛性は、ブルジョア的三人称をただちに乗り越えることはないにせよ、非常に民衆的なものへ近づくことができる。たとえばベートーヴェンは一七九五年に「僕の芸術は貧しい人々に最もよく役立たねばならぬ」と書いている。これはプロレタリア主義ではないが、市民的平等主義の先鋭化したものなのである。同、二七頁。

（10）脇圭平、芦津丈夫『フルトヴェングラー』岩波新書、一九八四年、二〇三頁の丸山の発言を参照。

（11）佐藤良明『ビートルズとは何だったのか』みすず書房、二〇〇六年。佐藤の三要素論は古典的にはM・ウェーバー、安藤英治他訳『音楽社会学』創文社、一九六七年にまで遡りうる。ウェーバーは、合理化史観を前提に、①西洋音楽②非西洋の民族音楽③「ニグロ」音楽を比較しながら、音階、和音、旋律などを焦点にして独創的な音楽社会学を書いている。後期ビートルズはロックによって三要素を総合した。なお、丸山眞男は「ロランの文学はご承知のように音楽と深くかかわっており、他方ヴェーバーは音楽を社会学の問題としたおそらく最初の人ですね」と論じて、ベートーヴェン、ウェーバー、ロランに貫くブルジョア的三人称の魅力を語った。丸山は学問と政治、芸術と政治という二律背反的思考の重要性を説いた点で思想史と芸術の深いつながりを示した。「ロマン・ロランと私の出会い」（一九六六）『丸山眞男集⑨』岩波書店、一九九六年、所収。

（12）里中哲彦『教養として学んでおきたいビートルズ』マイナビ出版、二〇一九年。

（13）Kristol,I.,*Neoconservatism The Autobiography of an Idea*,The Free Press,1995,p.103. クリストルは、新自由主義が想定している「自己実現」が市場を前提にしている限り、ニヒリズムを招き寄せると診断する。だがもしも「自己 self」が、「自由資本主義を軽蔑し、自由社会を破壊し廃止するためにその自由を利用する自己だとしたらどうだろうか」と問いかける。「この問いに対して、ハイエクはフリードマンと同じように答えを持っていない」と指摘している。レノンの新左翼的ユートピアは、現代の人倫である。クリストルは、新自由主義の市場主義には人倫が欠けているから、新左翼のユートピア主義に太刀打ちできないかもしれないという危機感を抱いた。そこから一九七〇年代初めに彼は新保守主義を構想する。だが、新保守主義がなぜレノンに優る宗教政治的な価値を提供できるかははっきりしない。

（14）里中、前掲書、四二頁

（15）Grimm,J.Grimm *W,Deutshes Wörterbuch*,Bd.3,Hirzel,1854,S.683-S.684.

（16）斎藤純一『公共性』岩波書店、二〇〇〇年。斎藤の本書はこの主題をめぐるもっとも生産的なものである。氏は、アーレントの公共的／社会的、公共圏／親密圏、公／私は硬直的二分法（五三頁）であると論じ、個／共同と括らずに公共／複数性を導入すべきことを提起した。この問題提起は、従来外国文献の整理にとどまっていた公共性論に新たな方向を提示したものであり、その問題意識と整理には共感できる。ただ私が物足りないのは、この複数性の中身が社会学的に規定されていない点である。言い換えれば、複数性が何を基盤にして、いかなる過程をへて、何を達成するかが書かれていない点である。ここに階級性、三人称＝一人称、グローバルな公共性という三つの要素を入れなければビートルズの意味は見えてこないだろうと私は考える。

（17）バンヴェニスト、É、河村正夫他訳『一般言語学の諸問題』みすず書房、一九八三年、二一三頁。

（18）フェントン・プレスラー、島田三蔵訳『誰がジョン・レノンを殺したか？』音楽之友社、一九九〇年、四二、七五―七七頁。

（19）ウォーラーステインの一九六八年論とビートルズ現象は密接にかかわっている。「一九六八年の爆発には、二つの主題が含まれており、その二つの主題は、地域によって文脈こそ違え、ほとんどあらゆる場所で反復された。ひとつは、アメリカ合衆国の覇権的権力の拒絶である。しかも、これは同時に、アメリカ合衆国の反対勢力とされていたソ連が、実際には、アメリカ合衆国が打ち立てた世界秩序に共謀しているという不満をともなっていた。もうひとつは、伝統的な反システム的運動が、権力についた後、その約束を果たしていないというものであった。これら二つの不満が結びついて—実に広い範囲で繰り返された—ひとつの文化的激震を構成したのである」（ウォーラースティン、I、山下範久訳『入門・世界システム分析』藤原書店、二〇〇六年、二〇一頁）。文化的激震とは、ヴェトナム反戦、反人種主義、マイノリティのアイデンティティの擁護、ジェンダーの平等などであり、「イマジン」は激震を形象化した。これを見た右派は、二つのグループに分裂した。一方に、賃上げ、住宅、役職ポストの提供などをなんとか市場でやりくりできるとするハイエクの新自由主義、他方に、新自由主義によって、たとえ庶民を満足させることはできたとしても、文化的個人主義者を説得することはできないだろうと考えるクリストルの新保守主義である。要するに、ビートルズの登場以降、右派はそれにまさる体制の道徳的正当化を提供できなくなった。ウクライナまたはガザで繰り返し「イマジン」が歌われる理由は、現代世界のディストピアに歌詞のユートピアが「刺さる」からである。

第4章　大城立裕の二人称「おまえ」

大城立裕『カクテル・パーティー』は、占領下の沖縄（一九六三）の米軍基地住宅で開催された米沖親善パーティーの欺瞞性を、パーティーに参加した「私」が思い知る作品である。[1]

ストーリーは、大きく前後二つの部分からなる。前半は、主人公の「私」の一人称で展開される。パーティーに集う、アメリカ人、日本人、沖縄人、中国人のインテリがなごやかに談論を楽しむ。四人はともに中国語研究会のメンバーで、会話がじつにリズムの良い快感を印象づける。時々、会話はきわどいところに迫るが、適当に核心をかわしながら寄せては返し、緊張は心地よく弛緩する。それが、かなり洗練された人々の社交の妙味でもあるかのようだ。

がらりと様子が変わるのは、「おまえ」という二人称で「私」が対象化されることによる後半部分においてである。「私」の娘は、パーティー開催の同時刻に米兵にレイプされていた。

後半で「おまえ」と呼ばれる「私」は、娘が心の痛みをさらけだすよう強いられることを承知の上で、しかも敗訴を覚悟のうえで、裁判に訴えることを決意する。ここで、アメリカに対する沖縄の従属性、第二次大戦中における沖縄人の中国への侵略などが絡み合って、沖縄人である主人公は深刻な葛藤を経験し、深い歴史認識が切り開かれる。

小説の前半で「私」として現れた人物が、後半で「おまえ」と呼ばれる。だが、いったい誰が「私」を「おまえ」と呼び捨てるのか。誰か、特定の人物ではない。また、自己内対話のようなものでもない。あえて言えば、歴史の法廷のような架空の場所が、「私」を「おまえ」と呼ぶ。

なるほどこういう二人称の使い方があるのか、と私は驚いた。私は、一〇年ほど前から哲学者森有正の二人称論に大きな魅力を感じてきた。森は、日本では私は「あなたのあなた」になってしまうという説をかなり深刻な歴史的問題を指すものとして考えた。それは、対米従属の心理的根拠でもある。(2)

この理論からすると私たちの課題は三人称としての一人称を確立することだ。他方で私は、マルティン・ブーバーの「我と汝」(3)という設定にも真実味を感じており、これはJ・ハーバーマスの「了解志向性」(4)という概念と不可分に私の関心のなかにはいってきた。

整理して言えば、三人称としての一人称を確立するという歴史的課題は、自己を第三者の目から見る自分を獲得することに通じるのだけれども、このこととブーバー及びハーバーマスが語る「我と汝」ないし「了解志向性」という共同体志向とをどう折り合わせるかは、なかなか難しい問題である。

もちろん、ブーバーとハーバーマスが志向する共同体は、決して「忖度」や「お涙頂戴」であってはならない。二者が向かい合い、相手の態度についていって、そのうえである一線で相手を拒否することもできなくてはならぬ。つまり、二人称(君、あなた、おまえ等)は、相手を都合よく引きずり込まないだけの客観性を持たねばならない。どうやったらそれが持てるだろうか。

こういう問いを抱いて「カクテル・パーティー」を読むとき、「おまえ」という二人称は、強力な援軍となる。森は「あなたのあなた」にならぬために一人称―三人称の確立を訴えた。つまり一人称―三人称には相手を異化する力が備わっているのだ。しかし、だからといって、森の言う一人称―三人称がブルジョア的な「対象の客体的形態」に落ち込んでしまっては元も子もない。ブーバーとハーバーマスが言いたかったのは、対象の客体的形態を乗り越える人間の可能性であったはずだ。では、相手から自由になりながら、しかも、共同体志向を失わないような二人称とはいったいどういうものなのだろうか。

それは大城が使った「おまえ」なのではないだろうか。というのは、大城の言う「おまえ」というのは、眼前の人と自分の関係を「歴史の法廷」に立たせるものだからである。一言でいえば、大城の二人称「おまえ」は、いわば三人称の裏打ちをもつ二人称なのである。私は、相手と私の主観性を異化する（突き放す）ことを欲するが、しかし、無味乾燥な三人称（物象化された三人称）にからだごと持っていかれることを拒否しつつ、かえってそれと戦えるようなやわらかい二人称を探してきたのであった。この点で、私は大城の二人称「おまえ」の使い方に感心し、なるほどこういうものを私は望んでいたのかもしれないと思った。

私たちは、さりげない毎日を生きているけれども、ただ日常がのんべんだらりと続くほど甘い世界を与えられているわけではない。ときに自我が歴史の法廷に立たされることを覚悟しなければならない。大城の使う「おまえ」には、日常的な時間枠を飛び越えるだけの歴史の緊張があると思われる。

【注】

（1）大城立裕『カクテル・パーティー』岩波現代文庫、二〇一一年。

（2）森有正『経験と思想』岩波書店、一九七七年。

（3）M・ブーバー『我と汝・対話』岩波文庫、一九七九年。ブーバーは人間が対象と向かい合う態度には〈我—汝〉と〈我—それ〉の二種類があるとし、前者こそが重要と説く。私はこれを認めるが、ブーバーは第三者について触れてはいるものの、〈我—汝—彼／彼女〉という共同体の構想が弱いことは否めない。というのもブーバーは根源語は二つしかない、〈我—汝〉と〈我—それ〉だと述べ、〈それ〉の代わりに〈彼〉と〈彼女〉のいずれかに置きかえても、根源語には変化がないと明言しているからである（同、七頁）。三人称が〈我—それ〉に分類されると、〈我—汝〉という二人称関係のみが共同体的なものになってしまう。〈我—汝〉が異なる人格であるという緊張感を持ったまま、しかも共同体であるという可能性をブーバーは狭めすぎていないであろうか。大城を扱ったのは、彼が二人称「おまえ」を歴史の中に屹立させたからだ。三人称を背景に持つ汝「おまえ」と呼ばれることによって一人称は審判にかけられるのである。この意味で大城の小説はブーバーではなく、森の三人称論に近いと思われる。

（4）J・ハーバーマス『コミュニケイション的行為の理論』未来社、ハーバーマスはこの本の冒頭でルカーチの『歴史と階級意識』（一九二三）が提起した対象性形態という概念を了解形態という概念に置き換えると論じた。すると、了解の様々な可能性を包括するコミュニケーション的理性のうちの一部分だけ扱うのが、対象を資本主義的に客体化した了解形態だということになる。ここまではよい。問題はルカーチの場合には客体化的形態を乗り越えるためには主観の商品化的形態が乗り越えられることが条件となるのだが、ハーバーマスの理論では、商品化や市場による行為調整は根本的には否定されず、残るから、対象の客体化的形態もある程度残ることにならざるをえない。ということは主観による了解形態は対象と客体がまざったまま中途半端に据え置かれることになる。では、ハーバーマスはいったいいかなる了解を基軸におく共同体をめざしているのであろうか。

第5章　君は君のままで　――浜崎あゆみのはやり歌――

浜崎あゆみ（一九七八～）のデビュー二五周年記念番組を見ていて気付いたのは「君は君のままで」というフレーズがあったことだ。浜崎の最大のヒット・アルバムは「SURREAL」（二〇〇〇）で、そのメイン曲が同タイトルの歌である。その後浜崎は三年連続レコード大賞を取り、「平成の歌姫」と呼ばれ、時代の寵児となった。

浜崎の歌はすべて本人の作詞だ。この歌で浜崎は「ねえ君は君のままでいてね」と歌う。彼女の詩は哲学的で、すべて経験にもとづいていると言われ、女子中高生のカリスマと言われた。男子中高生に比べて、女子中高生は自立と愛についてより深い悩みをもっている。ゆえに、浜崎の詩は琴線にふれる何かをもっていると言えるだろう。

私は、この琴線が何かわかっているわけではないが、「君は君のままで」というフレーズに何とも言い難い引力を感じてきた。この言葉には多くの人が求める何か、少なくともその核心の近くにあるものがあるのではないか。じっさい浜崎の出現以降日本の流行歌の中に「君は君のままで」が頻出するようになった。このフレーズを含む歌が彼女の出現以降どうなっているかを調べてみたい。

歌は意識の一つの形態である。すると、意識を説明する方法を使って、解明できるはずである。ところが、私見の限りでは歌をきちんと解明する研究方法を見たことがない。だから、仕方なく私はただ長い間使ってきた思想史の方法をここでも使ってやってみようと考えてみた。

歌は実にデリケートなものである。細やかな人間心情の機微が織り込まれているからこそ胸を打つ。ところが、この素材を私は、思想史と同様に、いわゆる「土台／上部構造」論で調理してみようと考えているのだ。見ようによっては、これほど「野暮ったい」ことはあるまい。

土台／上部構造論とは何か、手短に述べておこう。歌は作詞家の胸と頭から生まれる。作詞家が生きている現代は、いま新自由主義の社会であり、ここで労働力は最高度に商品化されている。ある社会の経済的構造を土台と呼ぶ。リスナーはもちろん作詞家もまた、労働力が最高度に商品化された経済構造という土台の上で暮らしている。K・マンハイムの言う「存在拘束性」によれば、人の思考様式は彼／彼女の存在の在り方によって拘束されている。歌手とプロダクションとリスナーは皆同じ土台の上にそびえる社会で生きているから、何かに感動し、喜怒哀楽にイメージを与えてこそ生きている実感をつかむ。

このようなマクロな社会の成り立ちと時代の動向の中で特定の歌の発生を読み解けるかどうかが課題となる。私がなぜ土台／上部構造論などという公式的な方法を使って作業をするかというと、いま述べた方法で歌謡曲を論じる学者がひとりもいなくなったしまったせいだ。このために、日本の社会心理学はひどく痩せ細ってしまい、学問としての魅力が失せている。私のような思想史研究者が、不器用なまま歌のような芸術ジャンルに踏み込むのは、だから、ひょっとすると意味があるかもしれないのである。

1 「君は君のままで」を検索

ウェブ上で「君は君のままで」を検索する（二〇二四年二月現在）と、二五六曲ヒットする。大半は二〇〇〇年代の楽曲である。主たるものを年代別で表にすると以下のようになる。

二〇〇〇年以前の楽曲で人気が高いのは一九九四年の桜井和寿（Mr.Children）の「Innocent World」である。続いて「この街で君と暮らしたい」FIELD OF VIEW（小松未歩）、一九九七

年	楽曲	作詞・歌手
2000	SURREAL	浜崎あゆみ
2001	Beat Pop Generation	Alfee
2002	VEGA	谷村新司
2007	黄金色の天使	佐野元春
2007	いつまでも Love Song	荒木とよひさ・堀内孝雄
2007	スナフキン	北川悠仁・ゆず
2009	あの空の果てまで	彩音
2010	青空片思い	秋元康
2010	君のままで…	小林光明・SMAP
2013	おっぱい	石崎ひゅーい
2013	月と太陽	ケツメイシ
2013	さよなら大好きだったよ	ふるっぺ・ケラケラ
2017	避雷針	秋元康
2017	Identity	Haderu
2018	Lemonade Feat..JP	JP THE WAVY.CzTIGER
2018	アメフラレ	Gacharic Spin
2019	OH ！	宮崎朝子（SHISHAMO）
2021	君のまま	百足＆韻マン
2021	露光	コブクロ
2023	浮かぶように	結城佑莉
2023	Smashing　Time	RAKURA
2023	想わせぶりっこ	指原梨乃
2023	DRAMA	ユプシロン
2023	Never say goodbye	ChouCho
2023	卵	藍坊主

などがある。歌謡史に突如切れ目ができるとは考えられないにせよ、おおむね一九九〇年代半ばから「君は君のままで」というフレーズが台頭し、浜崎あゆみが一気にトップに躍りでた二〇〇〇年が画期となったとみなすことにしておこう。

SURREAL　浜崎あゆみ

どんなに孤独が訪れようと
どんな痛みを受けようと
感覚だけは閉ざしちゃいけない
たとえ言葉を失くしても
いくらどうでもいいなんて言ったって
道につまずけば両手をついて守ってる
そんなモノだから

Ah　指切りをしたあの日の約束は

ひとりじゃ守りようがない
Ah　語り明かしたいつかの夢だって
ひとりじゃ叶えようもない
誰にも言えない誰かに言いたい
あの人が誰より大切って

la la la
どこにもない場所で
私は私のままで立ってるよ
ねえ君は君のままでいてね
そのままの君でいて欲しい

浜崎の歌はもっとも体験的である。評伝『M　愛すべき人がいて』（小松成美著、幻冬舎文庫、二〇一九）によると、浜崎は少女時代を過ごした福岡時代、友達は少なく、一人でよく海をみた。「心が鎖で縛られたようになると、波間を吹き抜ける風の中に立って深く呼吸をし、その息苦しさを追い払う」。芸能活動を始め、東京の私立の芸能活動コースのある高校に入るが、友達はメイたった一人だけであった。一九九四年一六歳の時六本木にオープンしたヴェルファーレという店で、音楽プロデュース会社エイベックスが運営するディスコにメイと二人で年齢を偽って入場し、踊った。夜通し踊って、高揚した。一七歳のとき高校を中退した。浜崎は、孤独で夢だけをもっていた。浜崎の主題の一つは、孤独である。孤独をかかえた人を孤独から救い出すものは、愛だ。だが、浜崎の場合、たとえ孤独を愛で満たしても、自分らしさを失いたくないと考える。上記の楽曲には「愛」という言葉はストレートには出てこない。その代わりが「約束」のように見える。私は私のままで、君は君のままで、夢を叶える約束を守ろうと言う。どんなに孤独でも、また痛みがあろうと、自分の感覚が一番大切だ。感覚を閉ざしてはいけない。私の感覚と君の感覚は違っているが、それを互いに尊重して夢へ向かっていこう。そういう大意である。

すこしまとめすぎるかもしれないが、浜崎の世界は、孤独をベースにしながら孤独の先にある「愛」を探す点ではごくふつうである。しかし、現代的なのは、そのとき互いの「identity」を殺さず、ぎゃくに相乗化させたいということを望んでいるところである。昔の演歌のように「あなたの色に染められ」たいとは言わない。

２「ありのまま」と「競争」のあいだ

浜崎の「君は君のままで」は、大ヒットしたが、単独の現象ではなかった。表に見たように時代の大きなうねりのなかにあった。たとえばSMAPの「世界にひとつだけの花」（槇原敬之作詞作曲、二〇〇二）は、同じフレーズは出てこないが、類似の志向性にたつものであった。「NO．１にならなくてもいい、もともと特別なONLY ONE」とは、「君は君のままでいい」という主張を、より通俗化して、NO．１と対置している分だけ、「SURREAL」よりも具体的でわかりやくなっている。つまり、頂点をめざす競争ではなくて、勝ち負けにない人の魅力を認めようというのがこの歌の趣旨であるといってよい。

「花」は競争／そのまま、という図式を持ち込んで、「そのまま」を擁護している。「NO．１にならなくていい」というところを、もう少し分析すべきであろう。私のような者にどうも引っかかるのは、「ならなくていい」という言い方である。これは、現実はNO．１になれという競争主義が強いことを前提にしたうえで、でもそれに捉われなくてよいと言っている。

楽曲を作った槇原敬之のこの哲学は何を意味するか。ＮＯ．１は一人だけしかなれない。であるならば、ＮＯ．１以外は価値がないのかというと、むろん、そんなことはないと考える。競争というのは、特定の何かをめぐる競争であるから、一元的である。たった一つのモノサシに合わせて人間を序列化するのが競争である。けれども、そのモノサシは恣意的だ。別段、このモノサシだけが人間評価の唯一絶対基準とは言えないはずである。だから、多元性 plurality を重視し、かつまた多様性 diversity を評価基準におけば、ONLY ONE の良さがわかるはずである、と考える。そのように槇原は言い、「非ＮＯ．１」を救っている。私はそのように理解した。

ここで槇原の ONLY ONE を「まんま主義」と呼ぶことにしよう。「まんま主義」は、現実にある競争主義を決して克服したわけではない。また克服したいとも思っていない。人はあいかわらず序列化、選別化のなかに置かれており、この世はまことに生き馬の目を抜くような人、超人間的な人間をみたがる。そのことを、決して否定することなく、でもね「君は君のままで」、たとえＮＯ．１でなくてもいいんだよ、それで十分「特別」だよと慰めるわけである。つまり「花」は気休めの歌である。

ＮＯ．１になるためには切磋琢磨と精進が必要である。だが、もともと「特別」なのであれば、競争しなくても、そのままでよいことになる。ありていに言えば、社会は、一方でＮＯ．１を喝采する。大谷翔平、藤井聡太がそれである。だが、誰でもが大谷や藤井になれるわけではない。だから社会は他方で「隅っこ暮らし」「世界の片隅」にも、正当な評価を与えることによってバランスをとらねばならない。そうでなければ、九九％の人は価値がないことになってしまうだろう。人を追い詰めすぎてはならないのである。「ＮＯ．１にならなくていい」というのは、トップを目指さない態度を肯定するのだから、「なれなくていい」とは言わない。しかし、ＮＯ．１を競わせる経済構造を前提しているのであるから、この「ならなくていい」は事実上「なれなくていい」にしぼんでしまはないか。ぼくはここに引っかかる。簡単に言えば、この歌詞は論理的に見て中途半端なのである。

「花」が流行したころ、ある学生（四回生だったと思う）が「世界に一つだけの花」は偽善だと評したことがあった。学生はそれ以上説明しなかったが、私には言わんとすることが伝わって来た。「選別的な現実があるにもかかわらず、何もせずとも特別なONLY ONEでよい」などというのは嫌味だということだ。学生は、いやらしさをこの歌に読み取ったのであろう。

浜崎あゆみの「まんま主義」は、彼女の評伝を読めばわかるように、愛と自立（identity）

を求めるものである。そこに、学校と集団への違和感があり、詩が抽象的な分だけ、槇原のいやらしさを回避できている。たとえば彼女は「自立した心は、自分を子供として扱う学校に反発を繰り返した。いつも先生に怒られて、学校に呼び出された母親に怒られて、そこから逃げ出したくて」と書いている。おそらく、浜崎はすこし早熟で型破りで、学校や親とのタテの序列に合わない性格であった。浜崎と槇原の詩のどこがどう共通し、どこが違うかは難しいところであるが、槇原は序列を前提にしているが、浜崎はそれを無視している。

そのように両者を一応区別できるのではないか。だが、時代はもう少し大雑把に、浜崎と槇原の「まんま主義」をごっちゃにしたまま、競争主義、序列主義、選別主義に対して自立、個性、特別さ、identityを重視するものとして動いていったのではあるまいか。その程度の毒消しの文化を許容しながら時代は動いたのである。そのかぎりで、二〇〇〇年ころの「まんま主義」は体制を変えるほどのものではないが、エリート主義の毒を中和するくらいの仕事はした。

3 「進化」と「まんま」

「君は君のままで」に戻ると、人間は歳をとるし、時代の中で変化する。痩せた人が太ったり、万物は流転することを免れえない。では、「まんま主義」は一般的に進化（変化）をどう処理するのか。「頑張れ」か、それとも「頑張るな」か、歌はだいたい二つに分かれる。本来の「君は君のままでいい」はどういう意味だったのだろうか。それは、人間を原石、加工品、完成品と分けた場合、原石を認める立場であった。だから、最もストレートなのは原石のままでよいから「頑張るな」という歌になる。しかし、加工や完成を排除するとは限らないから、都合三つの反応が現れる。

①〈まんま主義　頑張るな派〉
「そのまま」を文字通り取れば、元のままである。元のままでよいなら、頑張らなくてもよいし、人工的な努力は不要である。この例は上記の表では「情熱イズム」、「明日はくる」、「君のまま」、「騎士」、「Always」などだ。

②〈まんま主義　頑張れ派〉
理屈はさておき、「ありのまま」に頑張れというものがある。例は「それぞれの場所」、「群青」、「エール～頑張る君へ～」「ラジオネームいつかのキミ」「フレー!フレー!キミ」などである。こちらの歌は、「頑張れ」という。けれどもそうなると「まんま主義」

の枠を壊しはしないか。頑張りつつ「君らしさ」をキープしてほしいという。だが頑張ったら原石の良さを壊すかもしれない。歌詞をよく読むと、論理的な極限はごまかされており、どうなるかは曖昧である。

③〈まんま主義　否定派〉
右の二つのいずれにも分類できないのは、「DRAMA」SODA　KIT（作詞はユプシロン）の歌（二〇二三年）である。「『君は君のままでいいんだよ』って言われたときに、変わりたい。本気でそう思ったんだ」と歌う。これは、「君のまま」のフレーズを使っているが、「まんま主義」を根底から否定するものである。

さて、二〇〇〇年から浜崎あゆみによってはじめられた「まんま主義」は愛と個性を求めるものであり、その限りで「花」とともに、競争、上下、比較、N O．1主義などにたいする抵抗であった。しかし、おそらくほかの作詞家たちは浜崎を研究したのであろう。後になると秋元康や指原梨乃のような有名な作詞家やタレントも同じフレーズを使い始め、二〇二三年時点では二二一曲にものぼるほど当たり前のことになってしまった。悪く言えば、それは「手垢にまみれたフレーズ」になった。

しかし、たとえマンネリであってもこのフレーズは簡単には消えないくらい強い。私はウェブ上の表示に限界があったために二五六曲を全部読むのはやめたが、一〇〇曲で十分だった。論理的に言って、右の三つの箱にすべてはいることがわかったからだ。いまなお「君は君のままで」は大量につくられている。なぜ、「まんま主義」は、たとえマンネリであっても、これほど大量化し、定着したのであろうか。それには理由があるだろう。

4　階級と個別者（Einzelne）

いささか図式的ではあるが、何を言いたいかというと「まんま主義」は日本の階級構成を映しだすということである。現代日本は資本主義である。とりわけ、新自由主義が蔓延し、政府の用語で言う「自立した個人（自己責任）」を目指す社会である。これによって人びとの分断と孤立化は実に甚だしい。とりわけ一九九五年ころを境に、なかんずく小泉政権以降強制された「自立主義」（自己責任論）が大衆現象となった。私の記憶では、当時の国会で、格差社会について問われた小泉は、「別に格差があるのは当然じゃないですか」と答えた。質問した野党議員も格差が悪であるとまでは言いきれない雰囲気が、少なくとも当時は、あった。

いったい適度な格差とは何かということについて、社会科学者は答えていないと思われる。格差というと一本のタテ軸を認めて、定量的なものと思い込んでしまう。すると、「格差社会」の反対概念は「格差のない社会」ということになる。そうであるならば、一本のモノサシで定量化して格差を消さぬかぎり「非格差社会」は不可能であるから、所得、労働時間、教育、福祉サービスなどを全員平等にせよということになってしまう。しかし、単一のモノサシで定量的に測られる完全平等な社会などは現実的ではないし、人の望むものでもあるまい。だから、格差を批判する場合、完全平等のようなイメージで「非格差社会」を対置してはならない。一本のモノサシでは窮屈だから、多数のモノサシで測るというのでもあるまい。多数のモノサシを導入するだけであれば、一層息の詰まる選別が横行するかもしれない。格差社会の批判の核心にある問題は、さしあたりは生存権の問題であるが、結局は権力の問題である。生存権について「生きさせろ」（雨宮処凛二〇〇七）というコピーが物語るように、詰めていけば憲法第二五条を完全実施せよということになる。だから「生きさせろ」は、公論による政治的意思決定の強化を求めている。つまり、これまで生存権を無視してきた政治を生存権の完全実施の意志に服従させようということである。したがって、私の考えでは、格差社会批判の核心は、意思決定から排除された者（ほとんどの国民）

が国政運営上非力であることを問題にするものだ。最終的には非正規労働者や失業者もふくめた弱者を重んじろという権力者／弱者構造の是正を求めるものだと思う。

それはともあれ、政治的には一人一票で平等であるが、それで十分ではない。なぜなら、選挙と選挙の間の中間期間に、政府が意思決定を独占して憲法を逸脱することは始終あるからだ。また、経済は実に大量の人びとの協力で回っているのに、ＣＥＯに全権を与え、賃労働者や非正規にはなんの権限も与えないのは根本的に生存権を弱めている。賃金を上げよ、過労死は許さない、非正規の待遇を上げよといった格差社会への批判は、突き詰めていくと政治や経済の意思決定に権力の偏重があることを突くものである。すなわち、意思決定への民衆の個体的参加という質の保障こそが格差社会の反対概念なのである。当然、社会に承認される個体として参加したいというときに、その人の Identity、他の人との差異 difference は保障されねばならない。

さて、話を浜崎にもどそう。デビュー前に専務Ｍに言われてニューヨークに渡った浜崎あゆみは、「競い合う意識のない私」（小松、前掲書、五〇頁）であった。それでいて、私らしさにおおいにこだわっていた。「小学校の通信簿にも、六年間、協調性の欄に『努力しましょう』と書かれていた」（同、五九頁）、「人に合わせようとすることに意識が向くと、途端に自分らしさが消えていく。集団の中で上手に動かず、そんな自分を責めて心が凍り付いてしまう。一人でいれば、人の顔をうかがわず、自分のペースで生きることができる。カラフルな自分を際限なく表現することだってできるかもしれない」（同、六〇頁）このように彼女は、愛と個性を求めていたが、新自由主義的文化とは折り合いが悪かった。新自由主義の言う「自立した個人」は彼女の求める愛と個性（自分らしさ）とは別ものであった。

居場所がなかった　見つからなかった
未来には期待できるのか分からずに
いつも強い子だねって言われ続けてた
泣かないで偉いねって褒められたりしていたよ
そんな言葉ひとつも望んでなかった
だから解らないフリをしていた

これが初めて作った歌詞「A Song for ××」（一九九九）の一部である。新自由主義とは、階級を私人（自立した個人）に還元する現象である。私人というのは、民間領域で利益と名誉を競う人間のことである。この前提を皆が共有してしまえば、結果として利益と名誉というモノサシに量的な格差が生まれるのは当然と見なされる。私人とは「モナド」であって、閉鎖的で排他的な人間のことだ。浜崎は、もともと「強い子」になりたかったわけではない。もっとまろやかな愛と個性をもとめていた。それらを与えてくれ、落ち着ける居場所が欲しかっただけだ。

おそらく浜崎に熱狂した女子中高生も愛と個性をくれる居場所への情熱をもっている。彼女たちは男子よりも複雑である。なぜなら彼女たちには、①専業主婦の道が残っている。②女性の社会進出が進んでいる。③新自由主義による非正規化が希望を打ち砕く。そういう三要素のなかでひどくアイデンティティが混乱させられるからだ。[1]男子はもっと単純なのではないか。勉強やスポーツに打ち込めば、あとはなんとかなると考えている。女子は違う。愛と幸福な家族と仕事の三つが全部得られるかどうか、不安定なのだ。このために恋愛（ロマンティシズム）、経済的自立、いわゆる「ガラスの天井」が絡み合い、もつれている。それを解決してくれるロール・モデルを女子中高生は切実に求めているのである。浜崎はロール・モデルとなった。

だが、歌姫と呼ばれ、スターになった後から見れば、実に悲惨なことであったが、浜崎が愛した音楽プロデューサーは、愛とビジネスを天秤にかける人だった。当初、愛とビジネスは一体化していた。だが、徐々に分裂する。個体（愛）を求めることは私人（ビジネス）であることと相容れない。

もしも人間がすべて私人であるならば、完全に等質であるから、原理的に階級は存在するが、感じることはできない。質の異なる集団が階級なのである。一元的モノサシで序列化された人々がグラデーションで垂直に並んでいるだけであるなら、この連続性を分断する階級線はないに等しい。小泉前首相がそう思っていたように、格差は、努力のグラデーションの結果なのだから、存在しなければならないことになる。だから、小泉首相は日本が階級社会であるとは認めないはずである。私人論の眼鏡を通して社会を見ると、階級社会は見えなくなるのである。

だが、階級は客観的に存在する。生産手段の所有者とそうでない者は、質的に違う。人が自分をどの階級に帰属すると考えようとあるいは考えまいと、統計上の階級は客観的に存在する。

現代日本では、階級構成 class composition を語ることはできる。人口の八五％は賃労働者である。賃労働者は、政治的に組織されておれば対自的な階級的な存在である。だが、そこまでいかないでただ統計上存在するだけならば即自的階級にすぎない。年次労働組合組織率は低下し続けているし、階級政党とみなされる政党は常時三％程度の支持率である。

いままさに現代日本にあるのは、圧倒的即自的階級であって、対自的階級ではない。ゆえに階級構成（統計的階級 class composition）は語れるが階級構造（対自的組織 class structure）は、はっきりしない。

だから、人口の八五％は労働力の商品化に無規制で巻き込まれている。年々その比率は増加する。この意味で、労働者階級は大量化する。だが、大量化しても私人化せしめられるならば、内部でますます人は個別化 Vereinzelung する。だから私人化こそが現代人の孤独の根源である。私人は、将来社会をどう作るかに関する意思決定に参加できないが、労働力商品として始終泳がされるのだから、たまったものではない。それでも、就職し、それなりに地位を確保すれば、相対的に、落ち着きはする。現代人の孤独を集中的に感じるのは若者である。そして男子よりもおそらく女子の方が疎外感が強いだろう。

はやり歌を扱う意味はここにある。浜崎のように愛と個性を求めると、反序列、反学校文化、個性重視、identity の追求とならざるをえない。それは人の胸を打つ。とりわけ女子中高生を共鳴版とする。評伝にこうある。

自分は人とは違うのだと感じていた。茶色の髪がカールして人目を引くことも、目が大きく色が白くて外国人のようだと言われることも、博多の街中でスカウトされ小学生モデルになったことも、すべてが自分と向き合うきっかけだった。誰かの真似をすることもされることもない人生。それを実感して歳を重ねた。そんな私を、いつも、大好きだよと、言ってくれたおばあちゃんの愛情が私を育ててくれた。そして、おばあちゃんを思う心が、私を芸能界へ向かわせた。小学生でも、中学生でも、仕事をして金を稼ぎ、家計を支えることは、私の自然な役目だった。(同、七五頁)

日本の女子中高生は、これほど率直に自分を語れる人間を見て、感動したのではないか。なぜなら、皆多かれ少なかれ理由は言えないが、心から好きになれないものに囲まれて生きていると思っているからだ。そこに内面の葛藤と抵抗がある。その抵抗を言語化する人を彼女たちは待っていた。そこへ浜崎あゆみが現れたのだ。

一九九五年以降の新自由主義時代の歌はどうなっているか。それは、競争に対して「まんま主義」を対置して闘っているわけである。つまりアンジッヒな次元では数が増大するが、まだ対自的ではなく、「抵抗」のエネルギーはあるから、ミラーボールの下ではじけたり、TＯHＯキッズになったり、様々な方向や様々な形態となって現れる。政治は、野党連合を模索してはいるが、歌謡曲の戦線ではジャンルが違うので、両者は必ずしもオーバーラップしない。だから浜崎は、自分の言葉でたたかったのである。

「国民のなかの一部分が、他の部分の隷属化のために自分が利用されていることを許しているかぎりでだけ、つまり民衆の無知 Massendummheit が支配しているかぎりでだけ、階級支配は存続できる」(2)とマルクスは言っている。この言葉は異様に深い。「民衆の無知」は、高度情報化社会や高学歴化社会と矛盾しない。なぜなら、情報化や高学歴化自体が分断をもたらすからだ。それらが、多くの場合、個別化 Vereinzelung の梃子なのである。この結果、浜崎がそれを感じたように、皆が孤独である。

労働力の商品化のゆえに、人は学歴や企業規模や所得や住宅や年金を目指し、生活をともかくこしらえていかねばならない。しかし、それはとても孤独な行為である。浜崎は、もともとからすれば、新自由主義と無縁であった。しかし、ひとたびプロデュース会社によって「売れ筋」に指名されるとそうはいかない。尊敬するMと結婚し、ただ一緒にいたいと願ったのであったが、Mは人が変わったように「歌手浜崎あゆみ」を売るセールスマシンとなり、一人の女性を愛する男になれないのである。「国民のなかの一部分が、他の部分の隷属化のために自分が利用されていることを許しているかぎりでだけ」、つまり「恋人のあゆではなく、歌手の浜崎あゆみ」（一一九頁）を利用するようになるときにだけ、Mは名プロデューサーになれる。Mは「あゆ」という人格を捨て、「歌手浜崎あゆみ」だけを拾った。それが現代の「無知」である。無知は愛と相容れない。

これらの様々な形態の「無知」と対決することは、歌の世界でどのように進行するのか。愛が得られたとき浜崎は「Trust」でこう書いた。

長い夜もやがて明ける様に
自分を信じて　ひとつ踏み出して
歩いていけそうな気がするよ

届きたい　いつか私は私に
あなたから見つけてもらえた瞬間（とき）

あの日から強くなれる気がしてた
自分を誇ることできるから
あきらめるなんてもうしたくなくて
じゃまする過去達に手を振ったよ
初めて私に教えてくれたね
何が一番大切かを

「あゆ」が「歌手浜崎あゆみ」と分裂していく過程で、愛は破綻した。「私たちの成功が、二人の幸福のゴールになると信じていた私は、すぐに夢を叶えられる、と有頂天になって……マサとの静かな生活を送れると、思い込んでいた。だけど……。何かが変わっていった。あんなにぴったり合っていた私とマサ（M）の歩幅が、ほんの少しずつずれていって、気が付くと個々の場所に立っていた。春から夏を迎える頃には、二人の間の空気は徐々に張り詰め、ぎしぎしと軋み、心がすれ違っていくのが感じられた」（小松、前掲書、一二二頁）。

このようにして、「あゆ」は歌姫となって二〇〇〇年には大成功した。エイベックスの専務Mは彼女を発見し、育て、売り出したが、「歌手」を成功に導くかたわらで「恋人」を捨てたのである。いま経済的に成功した浜崎あゆみは、一〇数億円と言われる豪邸に住み、喪失の中で耐えているのだろうか。

5 「君は君のままで」の階層分布

作詞は、すぐれて文化的な創発的行為である。作詞家は、想像できる民衆に言葉が届くようにそれを彫琢する。ばらばらな個別者 Einzelne から個体 Individuum に転化する可能性をさぐり、絶えず「無知」の諸形態と対決する。個別者は、一人ぼっちで不安であり、「連帯」「愛」「やさしさ」「癒し」「identity」を求めている。浜崎あゆみや槇原敬之の作詞活動は、新自由主義が生み出す全体主義的競争主義に対抗してきた。「君は君のままで」とは抵抗の表現であった。少なくとも毒消しの仕事をした。ところが、いま（二〇一三年）「まんま主義」はそれほど新鮮ではない。すでに秋元康や指原梨乃のような人が「まんま主義」を取り込み、「君は君のままでいい」と言い始めた。ここで分析はしないが、彼らの「まんま主義」は完全に牙を抜かれ、槇原程度のささやかな抵抗さえ消えている。秋元や指原の歌詞は、いわば毒のない「猫なで声」にすぎない。抵抗のない現状維持である。新自由主義には幅がある。一方的に「がりがり亡者」「人でなし」「不人情家」「冷酷者」「残酷者」をすすめ、もたらすわけではない。新自由主義も成熟すると九九％を取り込まねばならない。すると、「小さい政府」「身を切る改革」「自助自立」で人々をへとへとにさせると同時に一定の「癒し」も提供する。

おそらく、新自由主義の格差のなかへ「君は君のままで」は包摂されるようになった。日本は即自的（統計的）階級社会である。最も上層で、実力でエリートになるものは、③の歌のように「君のままで」と言われても「このままではだめだ」と感じて「変化」を決断する。エリートは機転が利くから、「まんま主義」を拒否して上へ行く。だから、この階層は、さすがにつかれた時には「まんま主義」の歌を聴くかもしれないが、本質的には秋元や指原のほうを好んで聴くだろう。

エリートの下の膨大な中流層はどうか。すなわち③を目指しても夢を実現できない者は、②または①を好んで聞くだろう。②は「君は君のままで」なお「頑張る」。大量の中流層はこれを聞いているのではないか。

だが、もっと下層になると頑張るのはあほらしくなる。つまり②も無理だとなったら、谷底に落とされても、谷底で生きていきゃあいいさという感慨をもつだろう。そうした者は①を消費するだろう。原石でいい。「私はまだ本気をだしてないだけ」だ。

冒頭で述べたように、現代社会は「進化」と「まんま」を表裏一体とする。両面は一人の中に同居する。昼は「進化」し、夜はほっとして「まんま」でよい。だが、昼の進化に一杯一杯でしんどすぎると感じる者もいる。だから、「進化」と「まんま」は、一人のうちに同居しうる。しかし、「進化」と「まんま」の混合比率は異なる。階級社会の諸階層には「進化」が多いものが上に立ち、中層では五分五分で、下に降りるにつれて「まんま」が「進化」を上回るだろう。

歌もまた需要に応ずるがゆえに、上の社会層ほど「進化」が「まんま」を圧倒し、下の社会層ほど、「まんま」が「進化」を圧倒する歌を好む。低賃金で、へとへとになって一二時間以上仕事漬けになっている者は少なくない。この人々が「進化」をすんなり受けいれるとは考えられない。「進化」派は、エネルギーとチャレンジ意欲に満ちており、まさに現代版「資本主義の精神」(M・ウェーバー)そのものだ。これにたいして、「まんま主義」は、競争主義の毒を消すという文化的意義を担いはしたが、「進化」派のヘゲモニーにたいして、受動的 passive であり、客観的に見れば従属している。「進化」を諦めた「まんま主義」は、そうありたくてそうなっているわけではないから、このままでは「無目的」「無表情」「無感動」「無関心」に陥りやすい。

槇原の「まんま主義」は、一部から偽善だと言われたように、ブレークスルーの力をもちえぬまま、立ち枯れる可能性がある。この意味で、歌謡界では、無害になった秋元康や指原梨乃によって養分を吸い取られた浜崎と槇原は、劣勢におかれているように見える。

おわりに

私は、ここで浜崎の歌詞を素材に二〇〇〇年代はじめの時代の空気のようなものを感じ取り、ささやかな分析を試みた。この作業を通じて女子中高生が浜崎を支持した理由が少しわかったような気がした。彼女たちは、体制（大勢）に不満をもっていた。なぜなら、彼女たちは恋も欲しいが仕事も欲しいのだ。浜崎の言う「君は君のままで」とは、変化を拒否する不変を意味しない。「Evolution」という詞も書いている。「ままで」とは本来「儘で」だ。それは①「今そうあるとおり」②「思いのまま自由に」③「時の経過に沿って」を含む。すなわち丸ごとの存在の全的肯定である。その対立項は一面化、断片化、人間無視である。社会学で言う物象化だ。

その後この不満を吸収するかのように「すべての女性が輝く社会」（二〇一四年、安倍晋三の政策を粉飾するコトバ）というコピーが振りまかれた。これは、いつわりの言葉であったが、二〇〇〇年ころ彼女たちは、男性中心社会に疑いの圧力をかけた。政権は上っ面だけ攫（さら）った。一見すると原宿の街でにぎやかに遊んでいるように見える彼女たちは、同時に愛と個性をえるための見通しの悪いところに押し込まれ、暗闘していた。彼女たちは「仕事」と「恋」に手が届かないかもしれないという不安に襲われ、あゆに「君のままでいい」と言ってほしかったが、同時にその歌詞をつくった浜崎自身が自分を貫き、「愛」と「個性」を両方手に入れるのをみて熱狂的に支持したいと思ったのだろう。それはまさしく女子中高生の憧れを体現していた。

しかし、浜崎の恋人Mは、私の言葉で言うと成熟した「個体 Individuum」ではなく「私人 private man」であった。仕事を世話してくれたMは、浜崎の才能を発掘しはしたが、愛を育てるよりもビジネス一辺倒で、ますます「私人」化した。Mは、浜崎が求めた「個体」になりえなかった。「私人」間で愛は成立しない。浜崎だけが「個体」になろうと努めてもMが応じなければ愛は成立しない。M側から言えば、商品である「歌手浜崎あゆみ」を売りこんだとき、ビジネスと愛は溶け合っていて、私人と個体が幻想の中で両立しえた。

だが、必然的に「私人」と「個体」は相克する。Mは浜崎を遠ざけるようになり、ついに一人の女を愛することができなくなった。

一人の女性が深く傷ついた。だが、これは浜崎一人の問題ではない。「仕事」と「恋」の両方を求める女性の動きは、一九二〇年代から始まったにもかかわらず[3]、一〇〇年後になってもいまだにそれは実現されていない。浜崎あゆみは現代の与謝野晶子だったのではあるまいか。

【注】

（1）専業主婦、賃労働者、非正規労働者の客観的分布は、女性が自己をどう作るかに決定的影響を与える。これは、潜在的過剰人口、労働の社会化、流動的過剰人口のどこに自らを位置づけるかをめぐる葛藤を女性にもたらす。

（2）ヨハン・モスト原著、マルクス加筆・改訂、大谷禎之介訳『マルクス自身の手による資本論入門』大月書店、二〇〇九年、一六八頁。

（3）与謝野晶子（一八七八―一九四二）、平塚らいてう（一八八六―一九七一）、山川菊栄（一八九〇―一九八〇）は、一九二〇年頃からそれぞれの主張を生き生きと表現した。三人の求めたものは、愛と仕事と子どものすべてを充足される人生であった。

第6章　おじさんの歌

1　歌われたアメリカ……ビリー・ジョー・アームストロング（一九七二年〜）

（1）グリーン・デイの「アメリカン　イディオット」（二〇〇四）

馬鹿なアメリカ人なんかになりたくないね
メディアの言いなりの国民なんてまっぴらだ
ヒステリックなざわめきが聴こえるだろ？　これこそアメリカのサブリミナルな洗脳だ
新たな緊迫情勢の始まりさ　移民の国の全域で
何もかもがおかしくなっている
テレビは明日の夢を語るけど　俺たちはそんなの信じないぜ
話し合っても無駄だね　俺ってアメリカのホモ野郎かも

保守層のアジェンダとやらはシックリこないし
今じゃどいつもこいつもプロパガンダをやってるし
妄想の時代を謳歌する　新たな緊迫情勢の始まりさ
アメリカの全域で何もかもがおかしくなっている

二〇〇一年のNY貿易センタービル同時多発テロ事件後、アメリカのJ・W・ブッシュJr.大統領はイラク戦争を、国連決議に反して、仕掛けた。イラクのフセイン大統領は殺され、体制は崩壊した。後になって、戦争全体が誤った前提にたっていたことが報道された。二〇〇四年、イラク戦争のさなか、アメリカのロック・パンク・バンド　グリーン・デイは、「馬鹿なアメリカ人」という歌でブッシュに対抗した。全米（Billboard 200など）・全英（UK Albums Chartなど）、ともに一位を獲得した。また、全米で6xプラチナム（六〇〇万枚）、全英で7xプラチナム（二一〇万枚）を獲得するなど、大きな売り上げを記録した結果、二〇〇五年のグラミー賞「最優秀ロック・アルバム賞」を獲得した。グリーン・デイは売上金をインド太平洋大津波の被災地に寄付したと言われる。

歌詞を書いたB・J・アームストロングは彼のHPでこういう個人観をもつことを打

ち明けている。

Minority is about being an individual. It's like you have to sift through the darkness to find your place and be that individual you want to be your entire life.

少数派だということが一人の個体になる始まりなんだ

それは、君の居場所をみつけるためには暗闇を通っていかなくちゃならないということだ

全人生をかけて君がなりたいと思う個体にならなくちゃね

ここに、彼のロック観が表現されているように思われる。ここに言う個体 individual は、アメリカ社会が「自由な個人 free individual」をもたらす「偉大な社会 Great Society」だというF・ハイエクやM・フリードマンら主流派経済学の主張とはまったく正反対のものである。また、アメリカの有名なTV番組「ジ・エレン・ショー」は当時引っ張りだこのグリーン・デイを出演させた。(1)

(2) Mr.Children「1999年、夏、沖縄」二〇〇〇年

僕が初めて沖縄に行ったとき
何となく物悲しく思えたのは
それがまるで日本の縮図であるかのように
アメリカに囲まれていたからです

Mr.Children のボーカル桜井和寿（一九七〇～）は、二〇〇一年坂本龍一（一九五二―二〇二三）と組んで地雷撲滅を訴えたり、ap bank という社団法人をつくって、環境保護、自然エネルギー促進事業を提案している。この曲をぼくはたまたまラジオで聞いたので、放送禁止ではない。ただ、いくぶん踏み込んでいるのは、沖縄には米軍基地があると言っているのではなく、日本全体がアメリカに囲まれている、と歌ったことだ。これが桜井三〇歳の日本像だ。

（3）長渕剛（一九五六～）「**静かなるアフガン**」（二〇〇二）、「**親知らず**」（二〇〇六）

「静かなるアフガン」二〇〇二年

海の向こうじゃ　戦争がおっ登（ぱじ）まった
人が人を殺しあってる
アメリカが育てたテロリスト
ビンラディンがもぐらになっちまってる
ブッシュはでっかい星条旗を背に
ハリウッド映画のシナリオをすげかえる
悪と戦うヒーロー
アフガンの空　黒いカラスに化けた
ほらまた戦争かい　ほらまた戦争かい
戦争に人道（みち）などありゃしねぇ
戦争に正義もくそもありゃしねぇ
黒いカラスにぶらさがるニッポン人……

「静かなるアフガン」は放送禁止となったため、長渕は仕方なくライブで演奏する。彼は

「納得がいかねえ」と客に不満を訴える。

「親知らず」二〇〇六年

俺の祖国日本よ！　どうかアメリカに溶けないでくれ！
誰もが我が子を愛するように―
俺の祖国日本よ！　ちかごろふざけすぎちゃいねえか！
もっともっと自分を　激しく愛し貫いてゆけ

長渕剛は、少し変わり者だ。日の丸と君が代が大好きで、ライブで国旗を振りまわして、一万人で「君が代」を歌ったりもする。自衛隊に寄り添う反戦の立場と言われる。[2] だから既成の政治的図式では色分けしにくい。桜井が静かに日本の対米従属を見ているのに比べると長渕は強烈に、鮮烈に、詳細にナショナリストであり、かつまた反戦者である。

以上、日米のおじさんの歌をとりあげた。グリーン・デイ、Mr.Children の歌は放送された。

しかし、長渕の、とくに「静かなるアフガン」は静かに排除され、つまりは事実上放送禁止にされた。[3] この問題は、日米の放送コード[4]を考えさせるので次章で検討する。

2 日本民放連の放送基準

ここでも土台／上部構造論で歌の世界を分析してみよう。資本主義の土台は、労働力の商品化である。これを擁護するためには、労働者の頭を何らかの力で管理しなくてはならない。すなわち、生活するうえで労働力を売る暮らしが当然であるという意識を抱かさねばならない。労働力商品化という土台のうえに、民間企業が生まれ、放送はこのシステムをメンテナンスする。各局のプロデューサーの頭の中の常識はこのシステムであろう。最終的に国民国家は、民間領域全体を支配者側に立って管理する。労働力商品化→民間企業→放送→国民国家というシステムが下から形成される。そしてひとたびこれができあがると、今度は上から国民国家→放送→民間企業→労働力商品化の順で、イデオロギーが現場化されていく。国家や放送などの上部構造は、土台を守るうえでまことに能動的でなくてはならない。

長渕の「静かなるアフガン」が事実上の放送禁止になったのは、憲法第二一条で保障された表現の自由の限界を超えたからではない。第二一条は表現の自由を保障し、かつ検閲を禁止している。では何が引っかかっているのか。民放連への取材によると、長渕の歌「静かなるアフガン」を放送禁止とした事実はない。にもかかわらず、客観的に見ると民放連の放送基準（ＮＨＫ番組基準もほぼ同じである）が足枷になっているのだ。放送基準を引用する。

日本民間放送連盟　放送基準

二〇二二年五月二六日改正　二〇二三年四月一日施行

前文

民間放送は、公共の福祉、文化の向上、産業と経済の繁栄に役立ち、平和な社会の実現に寄与することを使命とする。

われわれは、この自覚に基づき、民主主義の精神にしたがい、基本的人権と世論を尊び、言論および表現の自由をまもり、法と秩序を尊重して社会の信頼にこたえる。

放送にあたっては、次の点を重視して、番組相互の調和と放送時間に留意するとともにに、即時性、普遍性など放送のもつ特性を発揮し内容の充実につとめる。

たいした能書きである。問題はこれを真剣にやっているのかだ。

「第2章　法と政治」の箇所を見る。

（6）法令を尊重し、その執行を妨げる言動を是認するような取り扱いはしない。

（7）国および国の機関の権威を傷つけるような取り扱いはしない。

（8）国の機関が審理している問題については慎重に取り扱い、係争中の問題はその審理を妨げないように注意する。

（9）国際親善を害するおそれのある問題は、その取り扱いに注意する。

（10）人種・民族・その国や地域の人々に関することを取り扱う時は、その感情を尊重しなければならない。

（11）政治に関しては公正な立場を守り、一党一派に偏らないように注意する。

第2章「法と政治」の（7）～（11）の下線部は長渕の歌に抵触する可能性があると考えられたのではないか。（7）の「国」とは政府のことである。この規定は、一九五四年に塚田十一郎（一九〇四―一九九七）郵政大臣（当時）が「時の権力に一方的に盾突くような偏った放送が行われないような法的措置は必要」と発言したのを契機に一九五九年に現在の放送基準の原型が成立し、公布されて以来変わっていない。これが足枷だ。

ふつうの教科書は、民主主義とは、国民を主権者と位置づけ、国家（政府）の権威をつねに監視するべきものであると教える。言い換えると、国家の権威 authority を批判することによってはじめて民主主義は維持されるという。批判しなければ、国民は簡単に権威主義 authoritarianism に陥る。

やや横道にそれるが、たとえば（8）で、沖縄基地問題を例に挙げると、沖縄振興特別措置法（二〇〇二）の改正案は、内容からして、対立する論点を含んでいる。措置法改正案に「民間主導の自立型経済の構築」との文言が入っている。これは新自由主義の適用である。むろん、民間主導では沖縄復興に限界がある。日米政府間で基地削減交渉をしなければ民間経済には手が負えない。「沖縄の自立的発展」（第一条）のためには国家が介入して米軍基地を削らねばならない。この意味で特別措置法改正案は政府と沖縄県の対立を起こす。憲法学者木村草太によると、「辺野古新基地建設では憲法第九五条に基づく住民投票が必要」である。[5] なぜなら、憲法第九五条によると「ひとつの地方公共団体のみに適用される特別法は……その地方公共団体の住民の投票においてその過半数を得なければ、国会は、これを制定することができない」と県民投票を義務づけている。しかるに、第一五四回国会（二〇〇二年三月二九日）の投票で先立つ県民投票はないまま国会に法案がかけられた。衆参両議院に法案が提出され、与野党全会一致（つまり反対はゼロ）で可決した。係争問題どころか、このような「全会一致」をメディアは憲法違反と報道すべきではなかっただろうか。

民放連には放送基準前文に言う「民主主義の精神」があるのか。（9）国際親善を広くとれば、アメリカを批判することはできない。（10）のブッシュの支持層である共和党を考慮すると、イラク戦争を批判することもできない、ということになりうる。さらに（11）「政治における公正」とは何か。「一党一派に偏らない」とは何か。

民放連の放送基準はおよそダイヴァーシティを求める時代にふさわしくない。民放連の放送基準は、一九五九年から八五年間も温存されているものであるけれども、憲法第二一条違反の可能性はきわめて高い。

民放連の放送基準を気遣って、アーティストは、けっきょく政治には触れないということになりやすい。二〇〇四年アメリカのＴＶとＢＢＣは、グリーン・デイの「American

Idiot」を放映した。それはグラミー賞を取ったからではない。放送したからグラミー賞を取ったのである。米英のようにイラク空爆に参加した当事国のメディアでさえ、反戦歌を放送した。ところが、アメリカに追随しただけの日本（当時小泉政権）では、長渕の歌を流さない。

　なぜか。どうしてこういうことになるのか。根本的に言えば放送基準が憲法違反だと野党が問わないからだ。また個々の歌手が戦闘精神をもって憲法に訴えないからだ。もし長渕が表現の自由への信をもつならば、ＬＩＶＥで不満を漏らすだけでなく法廷で争うべきなのである。立派な憲法のある日本には、憲法を民間レベルで封印する放送基準がある。これは影のようにあって、実体がない。しかし機能する。民は官以上に官である。民法各局が放送しないものをどうしてＮＨＫがやるだろうか。長渕が紅白歌合戦で「静かなるアフガン」を歌える日は来ない。

　日本は自由な市民社会ではない。民放連の放送基準と各局の動きの二つの次元を見る限りこの説に反対することは難しい。民放連が直接間接に、あるいは自らは静観し、各局の動きを放任することによって市民社会を壊している。歌手は、若いころは恋愛を歌う。だが、成熟するにつれて、戦争や環境や格差を歌うかもしれない。人間として当たり前のことである。ところが、日本の歌手はすくすくと成熟できない。聴いてもらえない歌を一体誰が好んで作りたいだろう。だからここからチャップリンやレノンのような人物は生まれにくいであろう。

おわりに

「現代の意識」という主題を、歌を素材に考えてみた。歌の世界には、新自由主義の締め付けに抵抗する歌がある。グリーン・デイやMr.Childrenや長渕剛だ。彼らの歌は、さしあたり戦争に反対し、アメリカのメディア支配や戦後の日本の対米従属に懐疑的だ。これらの歌は、長い連鎖をへて、最終的には労働力の商品化の体制に小さくない影響を与えるかもしれない。体制にただ従順に適応することが正しいとされるときに、そこから距離を取ることは容易なことではない。精神分析家E・H・エリクソンは、初期のIdentityをめぐる研究で、ルターとフロイトを比較し、「それぞれの時代における汚れた仕事を引き受けようとする不屈の意志」がいかにして生成するか、しかもまた「自らの苦悩を表現し記述する情熱」がこのこととどのように関係しているかについてまことに深い研究を残している。[6] ぼくとしては、別に偉人のように生きろなどと人に説く理由も資格もない。また、社会派になれと言いたいわけでもない。ルソーがかつて言った人間の「第二の誕生」にとって歌一曲が与えるインパクトは決して小さくないと言いたいだけである。どういう範囲にまで思考が及ぶかを決めるのは、情報環境である。だが、情報環境が統制されているならば、人は情報の外部に気づけない。

この意味でおじさん世代は決して完全に無力というわけではない。グリーン・デイの歌は、たとえG・ブッシュJr.の戦争責任の追及までいたりえなかったにせよ、歌手としては上限まで攻め切っている。アメリカのメディアは、かつては日本と似た自主規制的な放送コードをもっていた。だがいまは、そうしたコードをもたない。グリーン・デイのアカデミー賞受賞と長渕剛の放送からの「排除」の隔たりは実に大きい。

日本では、萎縮した民間領域が戦後できあがり、新自由主義に対応して強大化する国家は放送界に対してさらなる圧力を加えている（高市早苗総務大臣の「電波を止める」発言、二〇一六年二月八日）。日本民放連は高市に反論したが、そもそもの放送基準が「時の権力に一方的に盾突く」ことをしませんと約束しているわけだから、権力者がつけ込む窓口は常に開けっ放しである。民放連には有識者やマスコミ研究者が「放送倫理・番組向上委員会」などに名を連ねている。だが、民主主義が権力への抵抗によって定着するという理解があるかどうかは、疑わしい。

加えて、各放送局や各番組がそれぞれ小さな部分社会をつくっているために、代表取締役やプロデューサーの判断ひとつでせっかくの「良い歌」が干されてしまう。

このように憲法に言論・表現の自由規制があるにもかかわらず、直接国家権力が発動するまでもなく、民間部分社会内部の権力によって様々な抑圧と排除は横行しうる訳である。日本の歌は、①政府②放送界③民間企業という三セクターに管理統制されているので、民衆の気持ちはなかなか表現されない。歌から民衆意識をさぐる研究は、透明な表現空間が存在することを前提にしてはじめて可能だが、自由に歌を作れる条件がないのではどうしようもない。歌が三つのセクターによって管理されている不幸な事態を取り除くとき、ようやく憲法第二一条はながい眠りから目覚める。

【注】

（1）The Ellen DeGeneres Show(2003-2022)、NBC直営局一〇局で放送。放送時間は月曜日－金曜日一五：〇〇－一六：〇〇、土曜日－日曜日二九：〇〇－三〇：〇〇のときもあったが、二〇一一年一〇月から翌年まで二〇：〇〇－二一：〇〇のゴールデンタイムに進出した。日本の「徹子の部屋」のような番組である。

（2）二〇一一年一二月二〇日、長渕剛は、市谷駐屯地で一川保夫防衛大臣から東日本大震災の救援活動にあたっている自衛隊員を激励したとして、特別感謝状を贈呈された。

（3）庭田悟『静かなるアフガン』の静かなる〝排除〟」『放送レポート』大月書店、二〇〇二年九月、一七八号を参照。二〇〇二年五月九日発売後、「静かなるアフガン」はＮＨＫでまず自粛された。六月に東京ＦＭ、日本テレビ、ニッポン放送、文化放送でオンエアされた。しかし、庭田によると長渕がゲスト出演した以外のラジオ番組で聴いたことはないという。たとえ民放連が放送禁止歌としてリストアップしていなくても、放送コードは各局で適用され、「生きたコード」として機能しうるのだ。

（4）アメリカのＴＶの放送コードは、全米放送事業者協会ＮＡＢによって制作され、一九五二年から一九八三年まで有効であった。コードの主たる目的はＣＭ規制であり、番組内容には「事実、公正、偏見なし」程度の規制しかなかった。一九八三年までに子供向け番組のＣＭを規制するコードが独占禁止法違反であるとの裁定をうけて、コードは全面的に停止、削除された。現在は「標準と実践」という緩いテレビネットワーク側の検閲 censorship がある。中身は性描写、薬物、暴力などに限られている。

（5）「住民承認なき基地建設は不可　憲法学者・木村草太氏の講演会」https://www.okinawatimes.co.jp>articles.2015/4/5.

（6）Ｅ・Ｈ・エリクソン、西平直訳『青年ルター　1』みすず書房、二〇〇二年、序を参照。なお、ここでは十分論及できないが、エリクソンの「心理—歴史研究」はＥ・フロムの「分析的社会心理学」と方法論上非常に近い。しかし、エリクソンは近代とは一人ひとりが選択権をもち、個々人が自我の強さを拠り所とした立場をとる時代であると考え、この気質をもつ人間に肯定的であった。すなわちエリクソンは西洋個人主義の伝統に無批判的であった。これに対してフロムはまさに近代個人主義の伝統そのものに矛盾が内在すると見ていた。エリクソンは『青年ルター』執筆中、メキシコのアジジックという漁村におり、同じくメキシコにいたフロムを訪ねた。この時、フロムは容赦なくルターを批評したが、エリクソンはそれにはしたがわなかったらしい。L・J・フリードマン、やまだようこ、西平直監訳『エリクソンの人生　下』新曜社、二〇〇三年、二八三頁。

第７章　竹内好と丸山眞男

思想史のアジア論的転回と自分で言い出した以上は、竹内好（一九一〇―一九七七）が気になりだした。彼は、近代主義を敵とした。また、日本の優等生文化を敵とした。丸山眞男（一九一四―一九九六）は、ふつう近代主義者と呼ばれる。また、一高―東大という経歴をもつ優等生でもある。竹内は、福沢諭吉を「日本近代化のチャンピオン」と規定し、終生福沢的なものと闘った。これにたいして、丸山は晩年まで福沢をこよなく愛し、福沢から学んだ。そうであるにもかかわらず、二人は仲が良く、敬愛していたと言ってよい。いったい、それは何故なのか。

竹内が丸山に会ったのは、丸山の『世界』一九四六年五月号に出た「超国家主義の論理と心理」を読んだ約一年後だった。竹内は日記に「丸山真男という人……の『超国家主義の論理と心理』（を）よむ。面白かった。近来になく面白かった。帰還後読んだ中で随一のものである」と書いた。丸山は「ぼくの記憶しているかぎり、発表された文章でぼくが批判されたはじめは一九四九年一月に『展望』にのせた「近代日本思想史における国家理性の問題」という未完論文です。「丸山でさえも、日本人の中国蔑視感から免れていない」と言われた。「丸山さえも」という保留がついているのでそう悪い気持はしなかったんですが（笑）、そこからはじまって福沢の「脱亜論」の位置づけから、太平洋戦争勃発のニュースの受けとめ方まで、むしろぼくの側からすれば、考え方のちがっている面を強く意識して来たんです。考え方がちがうからこそ好さんから学べると思って来た。畏友とか益友とかいう言葉は、ぼくが好さんにたいして用いるかぎり、単なる修飾じゃない。もちろん福沢論にしても脱亜論にしても、ぼくには、そこらのアジア主義者や土着主義者よりもずっとぼくの考えの方が好さんに通ずるものがあるという自信はあったけれど、それにしてもこの日記での評価はおどろきです」と記した。

だが、これだけではまだ肝胆相照らす中身がわかるわけではない。中年男性の誉めあいとどこが違うか、わからないから。だが、丸山は、中国から竹内が復員する心境をこう記す。「いわば見るほどのものは見て帰って来た。それ以前の自我も、また心情的な左翼シンパの思想も洗い直されて日本へ帰ってみると、戦後の進歩勢力が昔のままの姿で運動を再開している。社会主義者も自由主義者も、解体と再生の弁証法をまったくつかんでいないじゃないか――この焦だちがまっすぐにあの「日本共産党論」（竹内好『日本イデオロギイ』筑摩書房、一九八〇年所収、発表は一九五〇年―筆者）につながるんですね。ぼく自身、あの論文は感銘したが、日共はなぜダメなのか、それは日共が革命を主題にしていないからだ、というああいう批判理由にはど度ぎもを抜かれた。けれど、こんど日記を辿ってみて、あれがたんなる鬼面人をおどろかす逆説ではなく、好さんの内面から自然に湧き出たものだった、ということが前よりもよく納得できました。」

言うまでもなく竹内と丸山を反共主義者と規定することはできない。むしろ容共であり、それに期待さえしていたかもしれない。一九五〇年の竹内は、魯迅（一八八一―一九三六）の短編「故郷」を思い出したのかもしれない。主人公「私」は、二〇年ぶりに故郷に帰り、幼馴染の「閏土ルントウ」に再会した。「私」は地主の息子であり、「閏土ルントウ」は小作人の息子であった。二人とも大人になっていた。邂逅しようとする「私」を、「閏土ルントウ」は「旦那様！」と呼んだ。出会いたい者同士のあいだに厚い壁ができていたのだ。中国から復員した戦後の竹内は、ちょうど主人公の「私」と同じような状況に立っていた。竹内は、久しぶりに「故郷」に帰り、日本共産党と出会いたいと望んだ。ところが、邂逅すべき相手は、彼の「主人」(コミンフォルム)を「旦那様!」と呼んだのだと竹内は観たのかもしれない。この意味で『魯迅』一九四四年と戦後の「共産党批判」はつながっている。魯迅の生きた封建中国と竹内が生きる戦後日本は、どちらにおいても人間と人間が絶望的に分裂しており、中国人の典型が「閏土ルントウ」であったように、日本人もまた主人/ドレイの構造内部にいたことになる。「昔のまま」とはそのことである。故郷の淡い夕暮れの景色のなかに魯迅がぽつんと立たされたように、竹内好もまた悲哀と孤独のなかに立たされたのである。

丸山は「度ぎもを抜かれた」と言う。そうであろう。しかし、丸山がそう言ったということは、この時点の竹内は、丸山よりも数段上回った境地にいたということだ。丸山の「対象化する精神」よりも、竹内の「虚妄の精神」(「絶望の虚妄なることは正に希望と相同じい」を含めて)のほうが、より一層深く、またより一層胸を打つ切実さをたたえている。

今回『魯迅』を再読して、竹内が追求し、その竹内から丸山が学ぼうとした言葉(ともわれるもの)をぼくはみつけた。魯迅の親友である閏秋白(一八九八―一九三五)が魯迅を評した文から取ってきたもののひとつで「醒めた現実主義」という言葉だ。魯迅は中国の植民地主義的現実から目をそらさなかった。「新しい価値をふりかざすことによって古い価値に対抗しようとした同時代の進歩主義者とは、かれは、一度も同調せず、むしろそれらと執拗に戦った。これは道徳にかぎらず、科学、芸術、社会制度、すべてのものに関してそうである」（同、一八五頁）。竹内が嫌った「指導者意識」というのは、自分が新しい価値を知っており、知らぬ人々にこの価値を教えたいという意識を指す。だが、こうしたやり方、つまり「基盤のない前近代社会へ新しい道徳を持ち込むことは、それらを前近代的に変形してしまうだけで、人間を解放することにはならず、かえって圧制者を利する手段に転化するにすぎない」。魯迅の「醒めた現実主義」は「指導者意識」の対極にあるものである。丸山はそれを理解し、学びたいと思ったのではないか。丸山は一九六六年に「畏友という言葉があるけれど、好さんはやっぱりこわい。彼にも言ったことがあるけれど、どすのきいたヤクザのように、すっと側にすりよって来たかと思うと、グサッと横腹を刺される、というようなところがあります」（『丸山眞男集⑨』三三九頁）と表白している。丸山の学問は、戦後すぐのころは、西洋近代を基準にして日本的後進性の病理を分析するものだったが、ただたんに進歩思想を外から説くようなものは「内なる古層」によって骨抜きにされるおそれがあると自覚し、「普遍者の自覚」が生まれるのは、この古層（執拗低音）を対象化する程度に応じてだと考えるようになる。おおよそ一九六三年ごろからである。

このような丸山自身の視座の転換は、「優等生」とは異質なものである。丸山が自己の「優等生」を捨てるのは竹内とのつきあいを通してではなかっただろうか。竹内は、丸山が経歴上如何ともしがたい「優等生」であることを知ったうえで、それにもかかわらず、丸山の日本思想史の扱いが魯迅精神と遠くないことを認め、連帯の窓を開けておいたのではあるまいか。

参照：http://takeuchiyoshimi.holy.jp/katararekі/maruyamanikki.html

第８章　都市は笑う

亡くなった笑福亭仁鶴のネタに「不動坊」というのがある。長屋の独身男利吉が、不慮の死をとげた芸人不動坊火焔（ふどうぼうかえん）の女房おたきさんを嫁にもらうという縁談話である。銭湯に行って身支度をするシーンで、花婿になる気分がいやがうえにも盛り上がる。「めでたいなあ、めでたいなあ」と独り言を言い続けて、番台に「めでたいなあ」と語りかけ、不審がられる。湯につかるなり隣人に「もし、ええ湯でんな、めでとうおまんな」と口走ってしまう。「妙なことをたんねますけどね、あんた嫁はんいまっか」とふっかけ、「なにをきくねん、この人は」などとやりかえされる。このあともドタバタの騒動がつづくのだが、それはここで置く。長屋、銭湯、独身男、縁談話。これらはいかにも都市的状況を想起させる要素である。都市とは、旧共同体の解体過程で見知らぬ人々が集住しはじめた空間である。この空間では日常的に主観と客観がはげしくズレるという事態が起こる。見知らぬ他人が裸で同じ湯に浸かるということが、個別的な主観の併存である。笑いは主観と別の主観のあいだのズレを第三者からみたときに生まれる。一日働いて様々な感慨を持つ者、その日に突然の不幸に陥った者、あるいはぎゃくに思いがけない幸福にめぐり合った者が相異なる主観をいだいて同一空間に並列している。銭湯は、都市の縮図である。あれこれの主観は、当人にとってはまさに生きられる切実さにほかならないが、別の主観にとってはどうでもよいことなので、それを客観的に眺めるとまことにおかしいのだ。つまり都市的状況が人々を、いわばコギト的な自我へとたえず鍛える。そして、誰もが他人にわかってもらえない隠れた部分をもち、自我が秘匿化されたまま生きる。こうした経験を積み重ねるなかで、人はそれぞれ自己の主観を客観的にながめることを憶えるのである。一人称が「めでたいなあ」と自己内対話をする。それがついつい外言化されて、他の主観とコミュニケーショ ン状態に入る。このときに、めでたい主観と醒めた主観がぶつかり、一つの客観が成り立つようになる。「ああ、この人はこういう理由で有頂天なのか、ならこう応じよう」というふうに話が展開するのである。一人称と別の一人称がコミュニケーション過程をつうじてある種の三人称を生成させる共同事業をおこすわけである。

相対的に考えて農村ではこういうことが起こりにくい。長屋、銭湯、独身男、縁談話が都市のような形では存在しない。だから、江戸落語や上方落語というように、都市的状況の中で落語は出現する。落語を聞いている客は、都市的状況の中で利吉や銭湯の隣人やおたきさんである自分を知っている。だから思わず身につまされて笑うのだ。

漱石が『吾輩は猫である』を書いたとき、おおいに江戸落語から影響を受け、その手法を使ったと言われている。『猫』には苦沙弥先生などのインテリグループ、金田一家のような資本主義一派、車屋など庶民グループの三つの階級が登場する。これらは都市の三つの階級に対応する三種類の主観である。インテリグループは資本主義一派を軽蔑しており、資本主義一派もインテリグループを見下している。両者は庶民階級の上に君臨している。そのような三すくみの状況が人間の世界を形成していることを超越的に見ているのが猫である。

三つの種類の人間の主観で世俗のドラマが進む。そしてその途中でまったく次元の違う猫の超越的主観が介入してくる。人間の主観の三層が分化と対立を繰り返し、さらにそこへ人間界にたいする猫の主観が加わるという構成が、ひとつの複雑なコスモスを形成する。これが、『吾輩は猫である』の面白さである。

そういえば、漱石の小説は都市小説であるという特徴づけも根強い説である。江戸落語という伝統芸能と近代小説との出会いという見方を私は取らない。そうではなく、江戸の都市的状況がほんわかと牧歌的だったところにあえて亀裂を持ち込み、近代的諸階級間の主観の抗争を鋭角化し、しかもそれを猫の眼で客観化したところに漱石の超近代的なユーモアがあったというべきではなかろうか。

第９章　寺島実郎の議員削減論に異議あり

寺島実郎は、よくテレビで見かける数少ない良識派知識人である。とくに、国際問題や経済論で、大局的な判断基準を提起する才に長けていて、教えられることが多い。

だが、その才能を高く評価する私は、彼の議員削減論にはまったく同意しかねる。彼は、ここ数年、日本の国会議員数が多すぎるから、三分の一に削減すべきだという持論を展開している。ＴＢＳ「サンデーモーニング」でもしばしば同じ発言を繰り返し、司会者も他の出演者も異論を唱えることはない。

彼の立論の根拠はアメリカ合衆国である。アメリカは三億人を超える人口を擁しながら、上下院合わせて五三五人の議員定数であるのに対して、日本は人口一億人に対して七一七人の議員定数だから、議員一人当たりの人口比からみて三四〇人ぐらいにまで減らしてよいというのだ。これを「身を切る改革」などの用語で表現する。寺島が到底賛成しそうもないどこかの政党と思考が瓜二つなのである。

私は、そもそもから言えば、代議制政治に賛成しない（立憲主義というのも、ごく限定的に利用すればよいとする立場である）。ルソーやマルクスほど代議制政治に反対してきた思想家はいない。ルソーは選挙日が終われば有権者は元の奴隷に帰るだけだと言った。[1] マルクスは、代議制政治は「市民社会と政治的国家の分離」（近代の定義）の表現であるとする。[2] 代議制は、主権国家における私人と公民の分離を維持する装置であるから、直接民主主義的要素を増やすべきであるというのが彼らの戦略であった。

こうした急進主義（ラディカリズム）は、二〇世紀の「社会主義」や人民代表大会などという制度の嘘くささにずっと刺さっている。習近平にたいしてたんなる多党制（普通選挙）を求めるリベラル派がいるが、それはそれでどこやらズレている。習は何を学んできたのだろうか。彼には『ヘーゲル国法論批判』を読んでいただかなくてはならない。議会を恐れるでもなく、議会でとどまるでもなく、議会を超えるのが歴史的課題ではないか。だが、それは本論の課題ではないので、脇に置く。

ここに国別議員一人当たりの人口比を比較してみよう。

表：主要国の一人当たり人口ランキング（2016~2022年）

国	人口	議員定数	議員一人当たり人口
インド	14億2323万人	790	1/180万人
アメリカ合衆国	3億3145万人	535	1/161万人
中国	14億1255万人	3000	1/47万人
ロシア	1億4344万人	450	1/32万人
日本	1億2462万人	717	1/17万3800人
韓国	5164万人	300	1/17万2133人
トルコ	8528万人	675	1/12万6340人
ドイツ	8379万人	667	1/12万5622人
カナダ	3885万人	443	1/8万7698人
オランダ	1759万人	225	1/7万8177人
イギリス	6812万人	1435	1/4万7470人
北朝鮮	2597万人	687	1/3万7802人

表をみればわかるように、上の方ほど政治家は市民から遠い。寺島が準拠するアメリカは、代議制民主主義としてあまりにも有権者を軽んじている。ほとんどインド並みの代議制民主主義である。日本をアメリカとだけ比べて見るのでは正確に議員定数を考えることはできないのである。むしろ、議会政治の伝統が最も古いイギリスと比較すべきである。イギリスを基準とするならば、日本の議員数を四倍くらいに引き上げなくては

ならないという結論を出しうる。約三〇〇〇人の議員定数に増やせということも可能である。寺島の世界観は、この点で「西洋では」「欧米では」という「出羽守」の中でも飛び抜けた「アメリカ出羽守」である。

もしも議会改革を考えるというのであれば、議員数だけ考えるのではなく、政党助成金の廃止と議員報酬の引き下げを考えるべきだ。もっと言えば、国会の傍聴者に投票権を与えて、くじ引きで議員定数の二〇%の投票数を市民傍聴者（市民代表）に与えることにすれば、非常に国会が面白くなると思うが、どうであろうか。

こういったアイデアは、ルソーやマルクスの思想を基にした、「国民代表」という虚構への根本的疑問から生まれる。疑問はもっと広げられる。近代議会制度というものは、選挙区の有権者の特殊意思から完全に自由で独立した「全国民」を代表するものでなければならないとされている（憲法第四三条第一項）。しかし、「全国民」「全国民ネーション」というものを見た人は存在しない。それは、「天狗」や「大和魂」を誰も見ることができないのと同じだ。市民は「全国民」の公論が何であるかを直接知ることはできない。せいぜい、選挙結果を見てはじめて公論の何たるかを知りうるだけなのである。つまり、「全国民」というものはひとつの虚構である。憲法にとって「全国民」は現実には存在せず、存在するのは個々の市民だけなのだというのが正統的解釈なのだ。「全国民」という虚構は、近代社会の原子論的構成に由来する。

ゆえに「全国民」を代表する議員は、個々の市民と結びついてはならない。市民社会と政治的国家の分離ゆえに、議員は「議院で行った演説、討論、または表決について、院外で責任を問われない」(第五一条)。つまり、政治社会は市民社会から完全に切り離されるという公私二元論ゆえ、議員は一切の市民の抗議、批判、責任追及をまぬがれるのでなければならないとされているのである。

これは日本国憲法の欠陥ではなく、「近代」憲法共通の歴史的限界なのである。だから、マスコミやデモがどんなにワーワー騒いでも、議員たちが寝耳に水とばかり傲岸不遜なのは、この「近代」憲法に守られているからなのだ。自民党の改憲案（二〇一四）を見ればわかるが、第九条を破壊する自民党は、第五一条を温存するのだ。

市民を尊重し、市民の声を国会に反映させるという政党または議員は、第五一条を廃止すると言うべきじゃないだろうか。五一条を変えることなく、国民に寄り添うなどというのは欺瞞である。現状では議員は、軍拡も戦争も言いたい放題、やりたい放題である。国会でどれほど国民を危険にさらしても議員は責任を問われないのだ。もちろん、「聞く力」

を売りにする某首相は、第五一条を守る点では確信犯なのである。

一般的に言えば、民主主義を不断に育てなくてはならない。もし民主主義を市民参加の制度化のことであると定義するならば、いろいろな方法が考えられる。労働時間を短縮して、各次元の議会を監視する市民に大きく参加できるチャンスを広げていくのはその大道である。こうなると「国民代表をつうじて公共事の審議と決定に参加する」という考え方それじたいがいかにも手狭で、窮屈なやり方である。代議制民主主義は、決して宿命ではない。議会を何か閉じた空間にして、排他的に神棚に飾るのはもうやめにしたい。

なぜ代議制民主主義が出現するか。それは、近代が公私二元論であるからだ。原理的に言えば、公は私的所有を保証するためにある。私的所有の保証によって政府が守りたいのは、実は私的所有一般ではなく、資本による「労働処分権」のはく奪である。つまり、資本の「労働処分権」の独占を制度化したものが国家なのである。

公私二元論は、巨大なシステムである。各国民社会の公私二元論を世界的につなげると、世界市場と主権国家からなる近代世界システムができあがる。公私二元論の表現である代議制民主主義を利用して社会主義を実現できるという考え方があるようだが、「労働処分権」を奪われて四〇年間も働かねばならぬ条件のもとで人が自己の新鮮な感受性や思想を維持するのは並大抵のことではない。時折票読みをやったり党勢拡大をやっても、それで革命が起こせるだろうか。無理ではないかもしれないが、たぶん、社会文化的な総体の変革を伴わなければ事は進まないだろう。

人間は、自分の労働力を商品化した機構のもとで、労働処分権を資本が握った制度の下で、学校を卒業して四〇年間、何のために、何を、どこで、どうやって、いつまでに、誰のために働くのか（５Ｗ１Ｈ）を上からの命令に逆らわずにやり続けなくてはならない。自由な感性を保ちながら、四〇年間組織の理性のもとで働き続けるのは誠に大変なことなのである。

小椋佳（一九四四―）という人は、第一勧銀のエリート行員を勤めながら、感性を保持した、特筆すべき達成である。小椋のような例は実に珍しい。加藤周一は、組織のなかで個人の感性はふつうは持たないと考えていた。井上陽水の「人生が二度あれば」（一九七二）を聴いたことがおありだろうか。「仕事に追われこの頃やっと、ゆとりができた」。だが、すでに父と母は六五歳と六四歳であり、欠けた湯呑で茶をのむばかりなのである。

学校を卒業して、会社に勤めて、退職したら六五歳なのである。従来の大人の概念では、みな立派に自立したと言えた。だが、ここに言う「自立」は「経済的自立」のことであって、思考の自立ではない。先人たちを敬愛して言うものだが、従来の大人概念では、思考の従属を超えることはできない。

元のテーマに戻る。寺島のおかしさは、たんにアメリカ出羽守であることに尽きない。代議制民主主義をさらに縮小することは、その分だけ一層多くの人が「労働処分権」を奪われて長く働くことを意味する。ゆえに、それだけ一層寺島は、公私二元論としての近代を強化しようとしていることになるだろう。それは、多くの人びとに従来型の「大人」の概念を適用し、したがって思考の従属を強制するものである。

しかし、私たちが彼に対置するのは、従来型の「大人」の概念を打ち破るに足る、新しい大人概念である。私たちは5W1Hについて、誰かの指図を待つわけにはいかない。また思考の従属のなかにとどまる「子ども」でありたくもない。仕事の5W1Hを共同労働において構想する人を大人と定義してみたらどうだろうか。これが新しい大人の概念だとしよう。つまり、議員の削減ではなく、あらゆる生きる場面での一人一党の原理である。

地方議会や国会に参加できるように市民参加の権利を各職場でローテーションで持ち回りとする。すると、市民社会と政治社会の分離は、徐々にその溝を狭めていく。こうした未来構想こそが、ほかならぬ私たちの精神革命の課題だということではないだろうか。

【注】

（1）J・J・ルソー、桑原武夫、前川貞次郎訳『社会契約論』岩波文庫、一九五四年。

（2）K・マルクス、真下信一訳『ヘーゲル法哲学批判序説　付国法論批判その他』国民文庫、一九七〇年。

マルクスは近代を克服する動きを代議制を克服する筋道において構想した。「おのれを政治社会に化そうとする、あるいは政治的社会を現実的社会たらしめようとする、市民社会の努力は、立法権へのできるだけ一般的な参加の努力として現れる」（『ヘーゲル国法論批判』、*MEW*,S.Bd.1,S,324、訳二二一頁）。

これは、代議制民主主義から直接民主主義への、多党制から一人一党制への転換である。しかし、重要なことは、マルクスが一人一党さえ超えていた点だ。「市民社会が現実的な政治的社会である場合には、政治的国家を市民社会から分離した存在とみる見方、政治的国家の神学的な見方、からのみ出てきたような要請を出すことはナンセンスである。この状態においては代表的権力としての立法権の意義はすっかり消えてしまう。ここでは立法権は各職能が代表的であるという意味において、例えば靴屋が一つの社会的必要をみたす点で私の代表であるという意味において、代表なのである。それはそれぞれ特定の社会的活動が類を活動としてただ類——すなわち私自身の本質の一規定——のみを代表するという意味において、代表なのである。彼がここで代表者であるのは、彼があらわすところのなにか他のものによってではなく、彼という人間そのものと彼の行為によってなのである」（*Ibid*,S.325.訳二二二頁）。

第10章　小説の未来

なぜあなたは小説を書くのかと作家に聞いても答えはない。ただ、書きたいから書くのだとしか答えようがないからだ。作家は、目の前にある世界を彼／彼女に見えたように描く。背中を押している力が何であるかを知ることはできない。作家が描いた世界を読者は求めている。書き手と読み手が、ともに近代的個人になったのだから、双方がともに世界の意味を知りえなくなった。小説は世界と生の意味をさがすけれども永久に答えはでない。答えがでないことを知っていてもなお書かざるをえず、読まざるをえないようにこの世ができてしまったのだ。

ルカーチの『小説の理論』（一九一六）は、小説の誕生を近代的個人の析出に求める。共同体 Gemeinschaft から市民社会 Gesellschaft へ、有機的なものから抽象的なものへ、意味があらかじめ与えられた世界から意味を自力で生み出さねばならぬ世界へ、歴史が変動した結果、人間は全体の一部から放り出され、「問題的な個人」[1]になった。

われわれがふつう近代的個人と呼ぶ人間類型は、ルカーチから見ると、共同体を失った疎外された個人である。主人公となる彼／彼女は、共同体が与えてきた叙事詩（ホメロスのオデュッセイアなど）に見放され、満足することもできない。叙事詩は世界の物事の意味を事柄に即して語ることができた。ところが、共同体が解体すると叙事詩が与えた世界の意味秩序が通用しなくなる。

叙事詩的なコスモス内部に充足していた成員は、近代的個人の誕生によって、新しい意味を個別的につくりださなくてはならなくなる。日本で北村透谷のような黎明期の近代人が「人生にあい渉るとは何の謂いぞ」と問うだけの理由がここにある。

ルカーチは、近代において、魂と形式が分裂するというものの見方をもっていた。ヘーゲルは近代とは大いなる分裂だと書いている。[2]だが、世界が分裂の中にある限り、私の生が万人から承認されることはありえない。したがって、疎外された個人が意味不明の世界へ放り出されたことの表現形態は小説という表現形態をとる。

ひとたび小説が面白い読み物になれば、作家は次々に問題を個人に投げかけ続け、永久に「問題的な個人」を産出し続ける。

しかし、ルカーチが予想する未来には小説は存在しない。なぜか。小説が疎外された個人の意味模索の形態であるならば、疎外が終焉すれば、世界の意味秩序は回復されるから、小説という表現形態も終わるからだ。実際ルカーチは小説論の結論部分で、ふたたび叙事詩が復権するというのであった。[3]

このように、ルカーチの『小説の理論』は第一次大戦の勃発時に、ルカーチの言葉を借りると「私を西欧文明から救ってくれるのは誰なのか」[4]という気分のもとに書かれた。いまだにルカーチの小説論は大きな影響力を秘めている。たとえば柄谷行人は韓国で「近代文学の終わり」という講演をおこなって衝撃を与えたと言われている。[5]

だが私は当のルカーチが『小説の理論』の結論をずっと支持したのだろうかという疑問を抱いたままである。意味の混沌のなかを生きるしかない近代的個人の彷徨は終わるのだというのは、嬉しいような悲しいような複雑な思いを読者にもたらす。だから、直観的に見て、叙事詩→小説→叙事詩への回帰、というのでは、小説の可能性は閉ざされることになり、結論があまりにも貧し過ぎるではないか。いや、この結論はルカーチがまだ成熟期に入っていなかったことの論理的帰結にすぎず、ルカーチに即してさえ、小説には別の意味で開かれた未来があったのではあるまいか。そこから小説に未来があるのかどうかを考えよう。

ルカーチは『小説の理論』では個人Individuumと私人Einzelneを混同していた。これは現在も英米圏で起こっている言語的な偏見である。自由主義および新自由主義の支配する世界ではこの混同は繰り返し起こるのだ。ところが『歴史と階級意識』(一九二三)や『若きヘーゲル』(一九四八)になると、彼ははっきりと両者を区別するに至る。

たとえば『小説の理論』でダンテが叙事詩から小説への移行期の作家とする場合にルカーチは「かれの人物はすでに個人Individuumであって」と言う。このばあい個人とは近代的個人のことである。つまり、個別者と個体を区別していなかった。これにたいして、『物象化とプロレタリアートの意識』では、個別化された個人einzelne Individuum、「個人のアトム化Atomisierung des Individuums」といった用法があり、[6]「個別のプロレタリアートEinzelproletarier」という注目すべき問題提起がある。これは『若きヘーゲル』で個体と個別者(私人)を区別したヘーゲルへと遡及された。つまり、ヘーゲルとマルクスに関してルカーチの研究は非常に鋭く研ぎ澄まされているのである。

もしこれを応用すれば小説の未来展望はおのずと変わる。かつて近代的個人の終焉と思われたものは、個人と近代的個人の混同ゆえに、小説の終焉論へ進むほかなかった。だが、近代的個人 Einzelne が終わっても、個体 Individuum は終焉しない。かえって、個体として個体の誕生である。すると、小説は私人（すなわち利己的な個人）としての個体をめぐる物語から、個体としての個体をめぐる物語に向かって豊かに開かれて行くということになる。小説は死滅するどころか、むしろ、個体の社会化の様々な面白さを描くものとして全面開花するというべきである。

一六世紀のセルバンテスとシェイクスピアにおいて始まった近代小説は、たとえ私人と個体の幻想的な混同を含むものであったにせよ、なんらかの個体性を描いた。これは、人類の不幸な一時期の自己表現でしかなかったというふうに纏めてしまうと詰まらなさすぎる。ドン・キホーテの放浪は、たしかに、狂気だったかもしれないが、彼の狂気がサンチョの独立人としての歩みの産婆役となった。また、『ロミオとジュリエット』の悲劇は、親から自立する子どもの世界を切り開いた。それらは、不幸の中に生まれる巨大な意義を訴えていたはずだ。小説は人類の遺産として顕彰されるべきものである。

ルカーチの初期に関わる『小説の理論』は、柄谷行人に、ある意味では受け継がれたかもしれない。しかし、柄谷の文学論は、初期ルカーチの亜流である。柄谷の議論には、彼の交換様式Dが何の根拠も持たないのと同じように、個体の個体性に関する展望が弱く、近代文学が終わった後、小説がどうなっていくかについて、何も語らない。そしていたずらに現役作家に「君たちはもうおしまいだ」と脅すことに終始する。

作家たちは、「近代文学の終わり」を提示されても何の益もないだろう。しかし、もしルカーチのマルクス、ヘーゲル研究の成熟度を踏まえれば、結論は変わるはずだ。現代作家は何をなすべきか。ブルジョア的教養小説がモデル化したのは、業績によって自己を押し出す市民像であって、こうしたモデルのもとでは抽象的普遍と具体的個別性のジレンマを解決できない。おそらく、学問領域でも同じことが起こる。法則定立的 nomothetic 学問と個性記述的 idiographic 学問の対立である。[7] しかし、私人の終焉に伴って個体を描くことができるようになれば、作家は自己の内部に育つ個体性をますます個性記述的に描きうるが、だからと言って、このことが法則定立から外れるわけでもない。作家は、定型（抽象的普遍性）を超えて現実の個体を多様に描くことができるし、また、そのそのことが法則定立的でもあるような小説世界は可能なのである。

小説は個体の形成を描くものとして、実に多種多様に書かれうるだろうし、この多様性がいったいどういう叙事詩的な秩序へ結びつくかを考察する可能性もまた出てくるだろう。

【注】

（1）Lukásc,George,1920,*Die Theorie des Romans*, Verlegt bei Paul Cassirer in Belrin,S.72. ルカーチ、G,大久保健治他訳『小説の理論』一九六八年、七六頁。「問題的個人」とは problematishe Individuum である。

（2）ヘーゲル『精神現象学』一八〇七年。分裂とは、公的な事柄と私的な事柄がどうしても結びつかない事態をさす。

（3）ルカーチ『小説の理論』一九六二年序に、彼が若き日の著作を振り返って、マリアンネ・ウェーバーと議論し、彼女に逆らって「西欧文明」の超克をめざしたことを明らかにしている。同、著作集2、白水社、一九六八年、一二頁。

（4）ルカーチは、トルストイが小説範疇にとってとうてい近寄りがたいもの、叙事詩の更新された形式を必要とする地点まで来ていると位置づけ、ドストエフスキーにいたっては「いかなる小説も書かなかった」としてポスト・ロマン期に踏み込んだものとして、小説論の外へ位置づけている。この当否について私にはわからない。Lukács,*ibid*.,SS.166-168、訳一五一―一五三頁。

（5）柄谷行人『近代文学の終わり』インスクリプト、二〇〇五年。

（6）Lukács,G,*Geschichte und Klassbewusstsein*, Malik, Berlin 1923, S. 11, S. 39; S.49,S.63.

（7）ウォーラーステイン、I、山下範久訳『入門・世界システム分析』藤原書店、二〇〇六年、六四頁。

第11章　現代の個人

はじめに

現代において「個人」という言葉（もしくは概念）によって、人は人間のどのようなあり方をイメージしているだろうか。「日本では個人が未確立である」「自立した個人の追求」等々をめぐって、一九四五年以降多くの啓蒙的な言説が費やされた。それまで「村」や共同体の中で個人であることを断念させられてきた多くの人々、また半封建的な日本資本主義に制約されて自我を実現できなかった者、およそ天皇制ファシズムの抑圧に苦しんだ大衆にとって、「自立した個人」になることは、階級境界線を越えてきわめて魅力的で、倫理的ともいえるような、ある明確な目標となっていたように思われる。

ところが、戦後改革と高度成長を経て資本主義的近代化が高度に達成され、さらに冷戦が崩壊して新自由主義の時代が到来したことに伴って、個人をめぐる議論環境は驚くほど変貌をとげている。現代において個人とは何であるか。このことを内外の個人論を検討するなかから探るのが本稿の課題である。

1　二〇世紀の個人論について

現代の個人論をいくつか検討してみよう。
たとえば、ひとつの素材として、ここに次のような文章をあげてみる。

「日本を『活力と魅力溢れる国』として再生させるためには、個人に画一的な生き方、横並びを強いる企業中心の社会を過去のものとし、明確な価値観をもち、自立した個人を中心とした社会に転換していく」

これは、戦後期に日本の「近代主義」と呼ばれる学者が主張してきたことと、少なくとも「自立した個人」という概念を使う点でよく似ている。だが、ここに引いたのは、日本経団連の政策文書『活力と魅力溢れる日本をめざして　日本経済団体連合会新ビジョン』[1]からの引用である。

「自立した個人」という言葉は、戦後長らく、日本の半封建的体質を批判する社会科学者たちの、かなり広い範囲で共有されたスローガンであった。旧意識と近代的な意識の対比がそのころの研究の焦点であった。しかし同時に、それは少なくとも一部では、広い意味で日本の近代化を遂げた後に到来すると想定された「社会主義」への、一種の人格的基盤とされたものでもあった。

しかし、現代において、いわゆる近代主義的な個人論をそのまま論じているような人はまず見当たらない。時代は変わったのである。だが「自立した個人」という用語は消えなかった。現代において「自立した個人」の概念を引き継いで語るのは、主として財界である。財界の「自立した個人」概念は、第一に企業社会（終身雇用と年功序列が意識されている）の崩壊を当然の前提とし、第二に「労働市場」「資本市場」「製品・サービス市場」「コミュニティ・市民社会」に取り囲まれた人間存在と規定され、第三に、国が「公(おおやけ)」の領域を規定し、隅々まで神経を行き届かせて統治するのではなく、自立した個人が意欲と能力をもって「公」を担っていくという価値観を体現することが期待されるような個人の在り方のことである。

日本経団連は、これを要約して「企業中心から個人中心の社会へ」と定式化した。要するにこれは新自由主義的に脚色された、日本経団連の「個人」概念なのである。

先へ進む必要があるので、新自由主義の分析を保留して、急いで、文化的なレベルでの個人概念について見ておきたい。ある種の文化人の言説には、次のような使用例が見られる。たとえば、村上龍、河合隼雄両氏の対談の一部を引いてみよう。

村上龍「日本人は江戸時代は藩や村、戦前は国家、軍隊、戦後は企業、官庁というように、いつもある共同体に属してきて、だから日本人に個人の確立は無理だという人もいますが、ぼくはそうは思わないんです。個人の精神が先にあって、『よし、今日から個人で生きよう』と決意して個人になるのではないと思うんです。ぼくの場合、第一にお金を個人で稼いでいるから個人なんですね。そう考えると、終身雇用と年功序列と企業内組合といういまの企業社会を支えている三つの柱が崩れると、誰でも当たり前に個人として生きていかねばならなくなると思うんです。ぼくはあっという間にそういう社会になると思うんですけどね。」

河合隼雄「そうはいってもおいそれとは変わらないと思いますよ。おっしゃったような自覚をそもそも持っている人がまだ少ない。

日本では個人はいまだにすごく脆弱ですよ。だから、みんな家の傘の中に入っているんですね。……」(2)

ここにあるのは、社会科学ではすでにおなじみの議論の組み立てである。つまり、共同体における没個人と共同体解体後の個人の自立、という枠組みである。近代に登場する個人が「まだ、未確立である」という言説は、先に述べたように戦後日本啓蒙期の社会科学でよく議論されたことであった。ところが、そうした立論があらゆる文化領域で完全に消えたのかと言えば、必ずしもそうではなかった。文学を核とする他の文化領域では、個人の自立をめぐる言説は執拗に残りつづけた。なぜなら、文学は個の内面を扱うのだから、どの時代にでも、ある種の理念型的な個のイメージを持たぬわけにはいかないからである。

だがその場合でもやはり時代の変化が刻印されている。「個の確立」は、村上龍のように多少アナーキーな感覚をもつ作家によって肯定的に使われる。しかも、これは先の財界の動きと連動している。企業社会の三つの柱（終身雇用、年功序列、企業内組合）が崩れると、誰でも個人として生きていかねばならない、というのがそれだ。

これに対して、河合隼雄は、まだまだ「家の傘の中に」入っているという実態観にたっている。これは見ている現実の違いというだけでなく視座の違いでもある。河合は村上と同じような競争にさらされた個を望んでいるわけではない。河合は、精神医学者であり、もともと個人が脆弱なところにこそ日本文化の、ある種の「よいところ」は残っているのだという発想を好む。むしろ、無理に「個の確立」を志向するところから精神病理学的な問題が発生するとさえ見ている。そうして河合は、行きすぎた経済競争で精神病理に陥る者が出てくることや、あまりにも理想主義的な個人主義を求めることがもたらす状況への不適応をカウンセリングやソフトな「心の教育」で誘導していく必要がある、と考えるのである。つまり、河合は、彼独特の日本人論に仮託して、新自由主義の強行についていけなくなるであろう一定の人々のメンタリティを抱える人々が出てこざるを得ないことを想定し、そうした人々を『古事記』をモデルとする共同体論へ誘おうとする傾きをもつ論者なのだ。ゆえに河合は一種のコミュニタリアニズムに属する。むろん、ここで言う共同体とは、伝統的な村落共同体ではなく、いわばコミュニタリアニズム的に汎用化された人格的コミュニティのような意味である。

このように、村上、河合両氏は「個の自立」をめぐる議論を立てているが、財界の議論と無縁ではなかった。二一世紀の「個の自立」をめぐる議論は、戦後近代主義の図式ではなく、ネオ・リベラリズムとコミュニタリアニズムの双極のなかに位置づいているとみることができる。

もうひとつ別の素材を紹介しよう。たとえば、小熊英二、上野陽子『〈癒し〉のナショナリズム』[3]は、いわゆる「新しい歴史教科書をつくる会」の実証研究をおこなったものである。ここで、「つくる会」が「個人」とか「個人主義」にたいしてきびしい批判を展開していることが紹介されている。

「つくる会」によると、「たとえば、個人を単位にエゴイズムを主張するのはいけない、と書いている」[4]、「この教科書の執筆者の一人である佐伯啓思さんは、近代的な個人を利益追求型の人間として見るという側面が強く、『戦後民主主義』はそうした『近代主義』の思想だったと位置づけているようです」[5]「参加者たちに共通している特徴は、ミーイズム（個人主義）への激しい嫌悪であろう」[6]とある。きわめつけは小林よしのりの言葉である。

「例えば援助交際に見られるように、今や消費社会は家族共同体まで標的にして、一人一人が砂粒の個になった。寄る辺なき個は精神の漂流を始めている。菅直人が『市民による政治』などと言っとるが、共同体なき『砂粒の個・市民』は政治になんか関心もてないんだ。ミーイズムなんだ！『砂粒の個・市民』はフンイキしだいであっちへザーッ、こっちへザーッと移動するのが関の山。政治に関心を持つ主体となる『市民』なんて菅直人の幻想である。菅直人が投票率を上げたいなら、公共心を持つ『国民』をどうつくるかしかないんじゃないか」[7]

以上は、小熊英二による「つくる会」の言説にかんする特徴付けから引用したものである。もう一人の若い著者上野陽子（一九七八年生まれ）は、つくる会のメンバーの行動様式をとりあげて、彼ら「つくる会」のメンバー自身が「個人主義的な保守市民」だと皮肉っている。「『史の会』の参加者を見ていて思うのが、皆『個人主義』であるということだ。『史の会』以外でメンバーに連絡を取り合うことはない。自分自身の『史の会利用目的』が存在して、それを満たすために時間をつくって公民館に勉強しに来るのだ」と指摘している。

彼女が言わんとするのはこういうことである。小林よしのりや佐伯啓思、西尾幹二、西部邁などの個人観によれば、個人が自己自身の利益や関心を目的として行動することは悪いことである。それは「個人を単位にエゴイズム」を主張することであって、そうしたことよりも共同体や国家、つまりは「公」を担う主体となることが大切である。エゴイズムに立脚する市民では国民になることが不可能であるという論理である。上野陽子は「つくる会」に批判的な立場をとっているのだが、その場合「毒を以って毒を制する」といった論法で、「個人主義」を批判する「つくる会」メンバーの個人主義を指摘する。この文脈では希薄な人間関係しか作れない思想が個人主義という用語で表現される。これは、私の特徴づけであるが、戦後民主主義を個人の自立を追求するエゴイズムと考えて、なんらかの共同体に向けさせる議論が「つくる会」のような右派的なコミュニタリアニズムにはあることがわかる。いくつかの素材を検討した結果をまとめると個人論をめぐる二一世紀の理論的な布置状況はほぼ以下のようなことであろう。

①共同体概念が土地所有を基礎とする封建的共同体に限定されずに、家族、企業や官庁、あるいはコミュニティ一般にまで、ある意味で融通無碍に拡大されている。これにより、ある場合は日本的企業社会に個人が埋没していたとされ、グローバル化が進むことで今後は「個人が析出する」可能性が出てくるとされる（経団連、村上龍）。こうした流れは一応新自由主義的傾向と括ってよかろう。

②こうした議論とは反対に、たとえば河合隼雄のように、行きすぎたグローバリズムの影で、少なからぬ人々は適応に困難を感じ、癒しを求めて様々なコミュニティを求めることが必要だとされるものがある。これがコミュニタリアニズムの立場である。この立場には急進的なものがあり、右派的に展開すると「つくる会」のように共同体や国家を担う反エゴイズム的な主体を求める議論にもなる。

③いずれの立場に立つにせよ、共同体と個人は対立するものとして考えられている。村上の場合にこれは最もハッキリしているが、河合や「つくる会」の場合でも、経済グローバリゼーションが強力に「個人化」を促すこと自体は認められており、共同体が崩壊して個人の独立化（私化）が進むことの評価が違う（肯定だったり、否定だったりする）だけなのである。

実は、ここにあげた論者たちには、私が考えている個別者と個体の区別が決定的に欠けているのであるが、それについては後述することにして、財界の議論、文化人の議論、「つくる会」の議論によって、現代の個人を巡る議論は一応出尽くしているのではないかと考える。

つまり、一方ではいまなお「個人の自立」や「個人化」は必要だと考えられており、そう考える者は多くの場合、なんらかの近代化もしくは市場主義に期待をかけている。新自由主義という潮流はこのなかでも最も強い影響力を持つ。

しかし他方では、「個人の自立」や「個人化」が私化された近代的個人の否定性を伴うことに着目する者は、私化された個人性にたいして何らかの対概念を対置しようとして、様々な形態の共同性（または共同体）に訴える。このような議論の傾向を確認してよいであろう。

2　現代社会学における個人論

ここで上に見た一般的な議論と区別して社会学的な領域での個人論はどのようなものがあるか考えてみよう。

近年の力作、加藤眞義著『個と行為と表象の社会学――マルクス社会理論の研究』（一九九九）について見てみよう。これについて『社会学評論』において西原和久が評した短文を素材にできる。西原は述べている。「現在の市場万能主義のなかでの『個人』主義、資本主義の一人勝ち状況下で、私化された（近代的）個人に共同性（の倫理）を対置する方向の社会理論に切り込み、〈社会性〉や〈生成論〉をもって展望を切り拓こうとする著者への期待大であること、このことは是非とも強調しておきたい」[8]。

ここで、加藤の労作について私は共感を禁じ得ないが、それ以上は触れないでおく。むしろ、社会学者のカテゴリーの中で「個人」というものがどのような布置の中にあるかを書評のひろがりのなかで見てみたい。評者西原の読み、ないし、彼のカテゴリーからすると、社会学者の間では「私化された近代的個人」に「共同性」を対置することが大切であると考える向きがあるらしいことがわかる。

社会学者にとっては自明のことかも知れないが、改めて注意を要するのは、「私化された近代的個人」に対置されているのが「共同性」であるという点である。あえて難癖をつけるようであるが、ここで「私化された近代的個人」に対置されているのが「超近代的な個人」ではなく、共同性であるという点に注目したい。共同性とはむろん、資本主義の中に現れるそれであるばかりか、将来社会の中で開化する共同性も含まれるであろう。

私にとって印象深いのは、西原は一般には現象学的社会学者とみなされており、いわばミクロな主体の内面的な「意味 Sinn」の位相に強い関心を持つはずの学者なのであるが、その人が個人の新しい質ではなく、共同性という一種の集団性に期待しているらしいことが伺えるからである。

私自身は、評者である西原の発言に、妥当性を感じるし、さほどの違和感はないのであるが、西原と若干異なるのは私化された近代的個人に対して共同性論を押し出すばかりでなく、新しい個人の質をつかむことが重要であるのではないかという問題意識をもっている。

すなわち、社会学的に言っても、共同性とはつねに、なんらかの個人性と結びついているはずである。すなわち問題はいかなる共同性がどのような個人性と照応しあっているか、なのである。たとえば、市場が私化された近代的個人と照応するなら、新しい共同性には社会化された個人性が照応するに違いない。ならば、私化された近代的個人に共同性を対置するのではなく、社会化された個人性、すなわち個人の個体性を対置しなければならないはずである。ところが、西原を含めて多くの議論はここを素通りし、私的な個人性にたいする対概念は共同性という、一種の集団論を対置する傾向が強いのである。従来の社会学でも、個の内的質が問われることは比較的少なかったのではあるまいか。

3　社会学の古典における個人

しかし、社会学の古典を見るならば、個人をめぐる議論は豊かにあったというべきである。なかでも、ウェーバーの「方法論的個人主義」とデュルケムの「方法論的社会主義」が社会学的社会観の両極を構成してきた、と言われた。「方法論的個人主義」とは、社会を個人の行為へ還元する見方をとるのにたいして、「方法論的社会主義」は社会を「もの」のように扱う見方をとるものと考えられてきた。つまり、社会をどのようなリアリティで摑むかという点で、前者は社会の所与性をいったん個人の行為へ流動化した結果として摑みなおし、対照的に後者は、社会の所与性を個人に対する拘束性において摑むのである。

いま、社会をめぐるこのような方法論上の対照については問わない。むしろ、ここでは、両者が個人の内的質をどのように位置づけることになっているのかという点を考えてみる。両者は個人の質についても同様に好対照なのであろうか？

結論的に言えば、そうではない。両者は、その方法論上の対立にも関わらず、いずれも個人を一貫して擁護する姿勢を見せてきた。社会学は、それらの方法論的な立場に関わらず、思想的な意味でのリベラルな個人主義を一貫して保持していたとみるべきであろう。

このことは、個人の価値または個人主義という伝統を護ることに価値をみいだす少なからぬ社会学者にとって、心の慰めとなった。社会学が一時期陥った極端な全体主義（Total-ism）でないことをこの事情は証明しているように思われたからである。この点は積極的に認めてよい。

ただし、そうは言っても、社会学者の個人観には、いくぶん多義的な性格がまといついていた。たとえば、ウェーバーにおいては、彼の、方法論的個人主義とは区別される、固有の思想的個人主義は、官僚制の「鉄の檻」に対置されている。彼は、彼自身の価値判断にしたがって、思想的個人主義の側に立つであろうが、にもかかわらず、事実判断に従えば、彼の理解した時代の趨勢は圧倒的に全般的官僚制化の側にあり、したがって「個人」は存亡の危機に立たされているのであった。個人や個人主義の可能性の余地が危機にあることをウェーバーは語ったのである。むしろ、思想としての個人主義が現実には実行不能になるかもしれないという自覚が、ウェーバーを社会学者たらしめているのである。

デュルケムについても、同じようなことが言える。ドレフュス事件をめぐる彼の立場から理解できるように、彼の思想的な個人主義を疑うことは出来ないが、同時に、彼の場合は個人主義が集合表象としてのそれである以上、個人の価値は「制度化された個人主義」において把握されている。しかし、「制度化された個人主義」が、ある範囲を超えて時代の病理をもたらすことがありうる。デュルケムによれば「制度化された個人主義」が病理を生み出すとき、すなわち、「制度化された個人主義」がアノミー（無規制）に陥る場合に、個人主義は「ゆきすぎた個人主義」となる。だから、デュルケムが恐れたように、一種の社会学的集団主義をつうじて個人を集団へ係留しなければ、健全な意味での個人主義は危険にさらされる恐れがあるという結論が導かれたのである。

以上が社会学の二〇世紀初めの古典における個人論である。その後ファシズム期になると古典をベースにしつつも改めて個人の終焉論は更新された。たとえばホルクハイマーとアドルノは個人の衰退をファシズムと関わらせて論じた（後述）。より最近になると一九八〇年代から九〇年代にかけて流行したポスト・モダンと呼ばれる議論は、フランクフルト学派のファシズム論と同種の議論を含んでいたということができる。ある意味では、以前よりもずっと大きなスケールで個人の存立の可能性の危機が提起された。

ポスト・モダンの議論の広がりをこの小論で漏れなく押さえることは難しい。けれどもこの議論の中心には、主体性や人間の終焉をめぐる議論が含まれていたことは明らかである。その限りでこれは、少なくとも一面で、ウェーバーからデュルケムを経由してフランクフルト学派へ至る「個人の没落」論を受け継いだ面があった。

この連続性は、たんなる蒸し返し以上であった。というのも、「個人」の没落はフランクフルト学派が成し遂げた議論以上にポスト・モダン派では徹底して押し進められた。およりからの社会主義の崩壊ともかかわって、「大きな物語」の終焉が議論されたから、およそいかなる共同性や新しい個人の可能性を問うことさえも難しくなったように思われたからである。「個人」を何らかの意味で再建しようと企てることは徹底的に有害無益とされたように思われる。

しかし、二〇二〇年にもなると、これらのシニシズムのサイクルはほぼ閉じられつつある。格差、環境破壊、戦争などはもうこうしたシニシズムを許さぬところまで煮詰まってしまった。このことを見きわめるならば、過去の「個人の没落」論には重大な疑問をさしはさむことができると思われる。たとえばポスト・モダンの議論は九〇年代にはいると新自由主義的な思想のなかで溶解され、そこから、第一節でみたようなポスト企業社会論や自己責任論を称揚する立場から再び「自立した個人」論を権力側が押し出してきたからである（一九九〇年代末以来の政府の経済戦略会議答申などを参照）。

そうなれば、むろん、イデオロギーの場で争われなくてはならない問題は、個人の没落論ではない。むしろ、権力側から出されているのは「個人の自立」論である以上、いわば民衆の側からも個人の再建論を提起しなくてはならない時期に来ている。

4 個別者 Einzelne をめぐって

さて、個人の内的質を問う議論は、原理的には、マルクスの個体論と関係してくる。彼は、ブルジョア的個人の自由の否定性に気づいたヘーゲルの着目を基本的に継承している。そこで彼は、ヘーゲルの個体 Individuum と個別者 Einzelne の区別を再構成したというべきであろう。ヘーゲルは、ブルジョア的個人が原子論的な個人であるということを強調するために、個人を孤立化 isorieren された Einzelne と呼んだ。このような用語法をマルクスは受け継いでいる。だがヘーゲルは、Einzelne が普遍的な個体へ転化する可能性を一種の福祉国家（プロシア国家）の枠内で見ようとしたために、社会の所有論的な発展の論理を提起できなかった。だから、ヘーゲルの挫折を批判しつつ個体の論理を所有論的に再構成したのがマルクスなのである。

そこで、マルクス的に厳密に規定された Einzelne をヘーゲルのひそみに倣って「個別者」と訳すことにしよう。ヘーゲルとマルクスにあっては、「個別者」は、共同体の解体＝私的所有の成立によって生まれたものである。個別者とは全体性 Totalität の欠如態だが、同時にそれは、ある種の社会性を帯びている。「個別者」は、決して反社会的とか非社会的であるのではなく、自己の私的利害と欲望をつうじて他者と結びつくという抽象的な社会性を内包している。スミスはそれを同感 sympathy と呼んだ。

マルクスは、この用語法にならって、ブルジョア的生産のもとでの個別者を Einzelne と規定する。

たとえばフォイエルバッハ・テーゼ（一八四五年）でマルクスは einzeln という形容詞を非常に厳密に使っている。

第6テーゼ「フォイエルバッハは宗教の本質を人間の本質へと解消する。しかし、人間の本質とは、個別的個人の内部に宿る抽象物なのではない。それは、その現実的在り方においては、社会的諸関係の総体なのである。Feuerbach löst das religieose Wesen in das menschliche Wesen auf. Aber das menschliche Wesen ist kein dem einzelnen Individuum innerwohnendes Abstraktum. In seiner Wirklichkeit ist es das Ensemble der gesellschaftlichen Verhältnisse.

ここで個別化された個人 einzelne Individuum は、特殊歴史的な個人の在り方をさす。社会的諸関係の総体としての人間と対照されるべきなのは、ブルジョア社会とその哲学にふさわしく個別主義的に還元された個人のことである。個別化された個人を超歴史的な個人と同一視し、そのなかにあれこれの人間性を見いだす思考様式とともに、この個人の歴史的形態そのものが社会的諸関係のアンサンブルという視点から説明され、止揚されねばならない。

だから、マルクスは同じテーゼの第一項でも言う。フォイルバッハはこうした現実的本質の批判に立ち入らないので、否応なく、「歴史的な行程を無視し、宗教的心情をそれだけで固定化し、抽象的な――孤立化した――人間の個体を前提とせざるをえない von dem geschichtlichen Verlauf zu abstrahieren und das religiose Gemüet für sich zu fixieren und ein abstrakt —— isoliert —— menschliches Individuum vorauszusetzen.」

第9テーゼ「直観的唯物論、つまり感性を実践的活動として把握しない唯物論が到達する最上のものは、個別化された個人の、また市民社会の、直観である。Das Höcheste, wozu der anschauende Materialismus kommt, d. h. der Materialismus, der die Sinnlichkeit nicht als praktische Tätigkeit begreift, ist die Anschauung der einzelnen Individuen und der bürgerlichen Gesellschaft.

第9テーゼで、マルクスは、抽象的個人、個別化された個人はブルジョア社会の産物であって、それは哲学者がそうした個人を思弁や自己意識や愛の主体として把握する実在的根拠となっていることを指摘する。こうした一面的に抽象化された個人にたいしてマルクスが対置しているのは、現実的な諸個人 wirklichen Individuen である。そして、社会的諸関係の総体として人間を摑む自分の新しいパースペクティブからこそ、これまでの哲学の受動性、観念性、一面性、抽象性を乗り越えることが可能になることを述べた。ここに使われた個別的な個人 einzelne Individuum は無規定の単体としての個人を指すのではなく、フォイエルバッハが拠って立つ受苦的唯物論の立場がいかに根深くブルジョア社会の個人観に影響されたものかを批判するものである。

また『ドイツ・イデオロギー』の本文からいくつか参照すると、「諸個人は、つねに自分から出発してきたし、つねに自分から出発する。Die Individuen sind immer von sich ausgegangen, gehen immer von sich au s.[9]」

「歴史的に創造された対自然ならびに個人相互間の一関係 ein historisch geschaffenes Verhältnis zur Natur und der Individuen zueinander」[10]（いずれもマルクスの欄外書き込み）。こういう場合、諸個人は決してブルジョア社会の個別化された個人 Einzelne ではなく、どの時代にも彼らの具体的な社会的諸関係の中に規定されて生きる、いわば歴史貫通的な諸個人 Individuum, Individuen を指していることは明らかである。興味深いことに、マルクスが「個別化された vereinzelt」という形容詞をどのような意味で使うか、ここに一つの例がある。それはなぜ意識が一人歩きするに至るかを考察する際に、エンゲルスの地の文にマルクスが書き込みを入れた箇所でのことである。「すなわち、幽霊、紐帯、高次の存在、概念、疑念といったものは、単なる観念的な坊主的表現、見かけ上の個別化された個人 vereinzelten Individuums の表象なのであり、生活の生産様式やそれと連関している交通形態の動きがその埒内に抑止されている極めて経験的な桎梏・規制の表象なのだということがそれである」[11]。ここでは、具体的な諸関係の中にあるのに、あたかもそれらを捨象して自立的に存立するかのような規定におかれているような個人という意味で vereinzelt が使われている。

エンゲルスはマルクスほどには厳密ではない。たとえば、「個々の個人の各々の解放 die

Befreiung des jedes einzelnen Individuums が、歴史が世界史へと完全に転化するのと共に同じ度合いで遂行される」[12] というような記述では、einzelne は個人一般という意味合いにとれる。このような使い方はエンゲルス独特というよりも、ドイツ語で一般的であるために、マルクスもあえて訂正していないが、固有にヘーゲル―マルクス的に彫琢された意味合いではない。

5　ウェーバーの「個人」とは何であったか

これまで、ヘーゲルとマルクスにおいて、個別化された個人が Einzelne という用語で把握されていることを述べてきた。彼らにあっては Individuum が歴史貫通的な個体をさすものと考えられるのに対して、vereinzelt や einzeln は、個体の特殊歴史的なあり方もしくは全体性を失ったネガティブなあり方を指すものであったということができる。

だが、これは、あくまでもヘーゲルやマルクスの用語法に即してのことであって、両者とも Gemeinwesen のその特殊な疎外態としてブルジョア社会を摑む傾向、誤解を恐れずに言えばルソー以来のロマン主義的な傾向を受け継ぐ中で、こうしたターミノロジーを共有しているということができよう。ところが、もともと、こうしたヘーゲル・マルクス的な系譜とは異なる思想圏を構築したM・ウェーバーのような人物については、同じような用法を求めることはできないし、また、類似の用法が見られたとしても、まったく逆の評価を伴いうるものであることに注意しなくてはならない。

たとえば『プロテスタンティズムの倫理と資本主義の〈精神〉』(以下『プロ倫』と省略する)における用法を見てみよう。というのも、この著作は、彼の代表作の一つであるだけでなく、何よりも、市民的資本主義に特有の人間類型を扱っているからである。

方法論的な方面では、ウェーバーは、Individuum 個人または個体という概念を使う。たとえば、「歴史的個体 ein historisches Individuum」というような概念がそれである。歴史のなかの諸現象の中で、ある文化的な意味の観点から組み合わせられた諸関連の複合体、例えば、「資本主義の精神」というようなものがそれである。だからウェーバーは個体という用語を知らぬわけではない。

ところが、理解社会学的に人間の社会的行為を理論的に展開する段になると彼は Einzelne を使うことが多くなる。

①「この『倫理』の『最高善』(summum bonum) ともいうべき、一切の自然な享楽を厳しく斥けてひたむきに貨幣を獲得しようとする努力は、幸福主義や快楽主義などの観点を全く帯びていず、純粋に自己目的と考えられているために、個々人 (einzelnen Individuums, single individual) の『幸福』や利益といったものに対立して、ともかく、まったく超絶的なまたおよそ非合理なものとして立ち現れている。[13]」

②「今日の資本主義的経済組織は一つの巨大な既成の秩序界であって、個々人 (少なくともばらばらな個人としての) (der Einzelne, individual) にとっては事実上その中で生きねばならぬ変革しがたい鉄の檻として与えられているものなのだ。誰であれ市場と関連をもつかぎり、この秩序界は彼の経済行為に対して一定の規範を押しつける[14]」

③「もし実践的合理主義なるものの意味を、世界の一切を意識的に個人的自我 einzelnen Ich, individual ego の現世的利益に関係させ、その見地から判断するような生活態度であるとみるならば、こうした生活型式はまさしくイタリアやフランス人のような自由意志が血となり肉となっている諸民族の特色であったし、今日でもなおその

特色となっている」[15]。

④「それどころか、逆に、世俗の職業労働こそ隣人愛の外的な現れであると彼は考えたのであるが、その基礎づけたるやおそろしく迂遠なもので、有名なアダム・スミスの命題に比して、奇怪なほどの相反を示しており、とくに分業は各人Einzelnen, individualを強制して他人のために労働をさせるということが指摘されているのである」[16]。

⑤「カルヴィニズムでは、宗教的なことがらについては一切が個々人Einzelnen, individualの責任に任せられていたにもかかわらず、『個人Einzelnen, inidividual』と『倫理』の分裂（ゼーレン・キルケゴールの言う意味での）は存在しなかった」[17]。

⑥「社会的な組織づくりの点でカルヴィニズムが明らかに卓越していた事実と、右のように現世に張りめぐらされたこのうえもなく堅い束縛から個人Individuum, Individualを内面的に解き放とうとする傾向とがどのようにして結合されえたかということは、

さしあたって一つの謎とも見えるだろう。しかし、一見奇怪にみえても、まさしく、カルヴィニズムの信仰による個人の内面的孤立化（der inneren Isolierung des Einzelnen, the inner isolation of the individual）の圧力の下で、キリスト教の『隣人愛』が帯びるほかなかった独自の色調から、生まれてきた結果なのである」[18]。

ここに伺えるように、『プロ倫』では、個人を語るとき、Einzelne が多用されている（ここにパーソンズの英語版から英訳も入れておいた）。それは、近代資本主義発生期の禁欲的プロテスタントの内面的孤立感を描写するとき、ひときわ、その孤独な心情の感触に適合的である。ところが、ウェーバーの Einzelne がヘーゲル・マルクス的な意味に読みとりうるわけでは必ずしもない。つまり、共同体の解体によって発生するバラバラな個人、個別者の否定性をウェーバーがヘーゲルやマルクスと同じように見ているわけではない。むしろ、逆である。ウェーバーは、市場経済にかかわっている主体を指す場合はもとより、一般的に一人の個人を Einzelne と命名する。⑥に引用しておいたように、この Einzelne は Individuum と互換的であると思われる。というよりも、Individuum とはまさしく Einzelne 以外ではないと彼は考えていたのではあるまいか。なぜなら、『プロ倫』のような歴史社会学的な著作から離れて、より原理的な一般理論的な著作において、ウェーバーがもっとも広い意味で Einzelne をとらえていることがわかるからである。たとえば次の例がそれである。

⑦「理解社会学（われわれの意味での）が単一の個人 Einzelindividuum とその行為とを最小の単位として、その『原子 Atom』として――こういうたとえ方はもともと慎重にすべきであるが、ここでは許されるとして――扱う理由は、結局はその考察の目的が『理解すること』だということにもあるのである。なるほど他の考察方法の課題のためには、どうしても単一の個人 Einzelindividuum を、おそらく心理的、化学的あるいはその他のなんらかの『過程』の複合体として、扱わざるを得ないこともありえよう。しかし、社会学にとっては、『客体』にたいする行動のうちで、意味を解明できる（内的あるいは外的）行動に入らないそれ以下のものは、すべて『意味をもたない』自然の諸事象と同じように、意味をもった行動の条件として、あるいはそれが主観的に関係させられる対象として、考慮されるにすぎない」[19]。

⑧「しかし、同じ理由から、この考察方法にとっては、個人 Einzelne は上にむかっても限界をなしている。つまり個人 Einzelne は意味のある行動の唯一の担い手である」[20]。

⑨「『国家』『組合』『封建制』等々といった概念は、社会学にとっては、一般的に言えば、人間の『理解しうる』行為へ——すなわち関与している個々人 Einzelmenschen の行為へと例外なく——還元することである」[21]。

人間の共同行為の一定の仕方のための範疇である「封建制」、つまり、そうした前近代的な構成物も、ウェーバーにとって個々の人間 Einzelmenschen の行為に還元しうるものであるならば、Einzelne は時代を超えて歴史貫通的な一人の主体と解されていると言わざるをえない。ウェーバーにおける行為主体としての個人 Individuum は、つねに Einzelindividuum または Einzelne である。いや、むしろ、こう言わねばならない。Einzelne こそ Individuum なのだ、と。

⑩「自分の行動には意味の判る方向がある、というような行為は、私の考えでは、つね

に一個人あるいは多くの個人の行動 einer oder mehreren einzelnen Personen, one or more individual persons としてのみ存在する」[22]。

⑪「また、更に別の（例えば、法律的）認識目的や実際的目的から見れば、社会集団（国家、協同組合、株式会社、財団）を個人 Einzelindividuen,individual persons（例えば、権利および義務の主体としての、また、法律上の重要な行為の実行者としての）と全く同じように取り扱うのが便利なこともあるし、また避けがたいこともある。ところが、社会学による行為の理解的解釈から見れば、右のような集団は、諸個人 einzelner Menschen, individual persons の営む特殊な行為の過程及び関連にほかならない、なぜなら、私たちにとっては、諸個人 einzelner Menschen, individual persons だけが意味ある方向を含む行為の理解可能な主体であるから」[23]。

見るように、ウェーバーは、Individuum と Einzelne とを完全に同一視している。彼は、社会学的な記述において、とくにプロテスタントの内面的に孤立した個人を Einzelne と呼ぶばかりでなく、「封建制」を構成する個人をも同じ用語で表す。

つまり、歴史的に特殊な意味での市民的資本主義の中におかれた個人も、そうでない個人もひとしく Einzelne と規定するし、また同時に、Individuum ともいう。

原理的な意味で理解社会学の行為主体を、ウェーバーは、ごく一般的に Einzelindi-vidum と規定している。しかし、この場合、彼がとくに isolierten, isolated された個人を表象に浮かべている訳ではない。むろん、実体としては、これらの個人はマルクス的意味において個別化された個人なのであるが、ウェーバーはそれを否定的な「分断」とは微塵も見ておらず、積極的な「独立」とのみ見ているのである。Einzelindividuum は英訳では individual と訳されていて、とくに isolated individual とされているわけではない。しかし、この訳は、ウェーバー自身が Individuum を Einzelne の相で見ているのだから、適切であると思われる。

つまり、ウェーバーが考えている個人とは、主観的に思念された意味を担う単位としての個人であったのだが、むろん抽象的に言えば、いかなる時代であろうと、このような個人は存在していただろうし、将来も存在するであろうと考えられるけれども、彼は個別化された個人を分断を克服した意味の個人から区別する必要を感じていなかったように思われるのである。なぜならば、彼が守ろうとしている個人とは、本質的に市民的資本主義と深く結びついているところの個人であり、ヘーゲルやマルクスの用語では、Einzelne または vereinzelte Individuum と規定されるべきものであった。その意味で、ウェーバー的な個人は、マルクスがうち立てようとしている Individuum ではなく、逆にマルクスがその限界を超えようとしているところのものだったといえよう。

それゆえ、個別者 Einzelne を個体 Individuum と互換的に使うウェーバーの社会学的世界にあっては、Einzelne という概念を否定的な意味で用いることなど、本来的にありえず、むしろ、Einzelne をあらゆる時代に投影することが目標だったと言って差し支えない。ウェーバーは、自覚していたのかもしれないが、結果的に、歴史的なものを歴史貫通的なものとして把握しようとしたのであろう。

ところで、ウェーバーの個人論をたんに言葉の問題においてではなく、社会的行為の性格から扱うことで、補強しておこう。たとえばハーバーマスは、ウェーバーの社会的行為論を分析して、それが成果志向的な行為であったとみている。ウェーバーにとって「基礎的であると考えられているのは、言語能力と行為能力とをそなえた少なくとも二人の主体の間での、言語による了解を目指す相互人格的関係ではなくて、一人の孤立した行為主体の目的活動なのである」。すなわち、ウェーバーは「目的論的に考えられたモノローグ的行為の目的・手段関係のみを、合理化可能な局面だとみなす」。発話し行為する主体は、ハーバーマスの分類に従えば、成果志向的か了解志向的か、いずれかの行為類型に二分できるのだが、ウェーバーはもっぱら前者を行為の範型として扱い、後者の行為類型を扱わなかった、というのである。[24] ウェーバーの言う社会的行為は、「他者の過去や現在の行動、あるいは、未来に予想される行動 Verhalten へ向けられたもの」[25] であって、なかでももっとも行為の明証性の高いとされる「目的合理的行為」は、ウェーバー自身「外界の事物の行動および他人の行動 Verhalten について或る予想を持ち、この予想を、結果として合理的に追求され考慮される自分の目的のために条件や手段として利用するような行為」[26] である。

この見慣れた定義には、歴史的なものを歴史貫通的なものへと一般化するウェーバーの思考の傾向がよく現れている。というのは、ウェーバーによれば、自己の行為は主観的な意味を持つ行為 Handeln だが、他者の振る舞いは、行為する主体から見た「行動 Verhalten」でしかないとしているからである。なぜ他者の振るまいが「行動」なのかといえば、他者の振るまいが、必ず別の他者に向けられた意味的行為とは限らないからだ。たとえば、相手は寝ているだけで社会的行為をしていないこともありうるのだ。その意味では、自分の振る舞いは行為だが、相手の行為は行動だというのは正確に理解できるところである。しかし、行為主体が相手の行動を「条件や手段として」利用し、いわば道具的に働きかけるというところには、ハーバーマスが強調するような相互主体性という発想がない。この意味で、行為主体と他者との関係がきわめて狭く、いわば成果志向的な（戦略的な）行為としての範型一本でしか理解されていないと言われても仕方がないのである。これが、ウェーバーの行為論にみられる、特殊ブルジョア的な性格の過剰な一般化である。

ハーバーマスの立場からすれば、ウェーバーの考えている社会的行為がモノローグ的（独我論的）であるとされるのであるが、モノローグ的な主体がすべて、Einzelindividuum とされることには強い親近性があると言わねばならない。

6　ホルクハイマーの個人の没落論

近代哲学を総括し、現代哲学への扉を開いたのはヘーゲルである。彼は『精神現象学』（一八〇七）にフランス革命の恐怖政治を乗り越えうるような市民的公共性を熟慮していた。その点で彼は私有の前提にたって市民的公共性を構築することが容易ではないことを重々知りながら、この課題に挑戦したのだと言えよう。『精神現象学』で彼は知の極限を考え、自己と世界が同一であるような普遍的な自我を構想した。しかしこの試みには社会機構論が欠けている。『法の哲学』ではこのことをおこなう。しかしヘーゲルは、私的所有が個別者の前提であるとしながら、同時に、その前提を変えぬままで個別化された個人を乗り越えることができるかのように考えてしまった。

すなわち、ブルジョア的個人が所詮は全体を自覚することのない個別者の立場に留まることを批判し、ちょうどデュルケムが後にそうしたように、「欲望の体系」としての市民社会がひたすら私的利益の追求によって欲望肥大に陥らぬように、個別者が政治的国家へと媒介され、一定の抑制された立場に立つようになることをヘーゲルは期待した。だが、それは「独自な対象の独自な論理」を踏まえぬ思弁的なものにすぎなかったと若きマルクスに批判されることになる。

では、個別者 Einzelne に解体された諸個人が、高次の諸個体に復帰することはいかにして可能なのか。しかもヘーゲルがそうしたようにブルジョア的個人の否定性を摑むだけでなく、その歴史的な役割を積極的に理論化することが重要な課題であっただろう。けれども、この作業はヘーゲルの思弁性によって中座させられたのであった。再度言えば、個別者 Einzelne の孤立化 Isorierung の積極的な理論的機能を発見し、人々がいったん

Einzelne とされることの意味を解明しうる方法論を開拓することこそが、個別者を超えた個体の根拠を構築することだったのである。

以上のような理論史的なコンテクストを考慮した上で、フランクフルト学派が個人 Individuum をいかに問うたかを探ることは、興味深い論点である。というのも、彼らは二〇世紀の最も苛烈なファシズムの嵐に抵抗したが、当時の社会運動の解体の中で孤立し、しかもそのなかでマルクス的な視座を生かそうとしたのであった。こうした深刻な政治情勢の中で、ブルジョア的個人をどう理論的に位置づけるかという主題は学派にとってひとつの重大な焦点となったことは明らかなことである。

ワイマールからファシズムへと時代が変転するとき、これに対抗する理論戦線の陣営はいくつかに分かれた。フランクフルト学派以外には三つの陣営に分化したと言われている。第一は、自由主義陣営である。この陣営は自由主義とファシズムを対立させ、自由主義的な個人に依拠してファシズムを批判する立場である。久野収はこの潮流は、「ワイマール的〝市民〟社会にしがみつき、この社会のピラミッド的、階級支配的特質を軽視するばかりか、この社会で得ていたマンダリン（知的、文化的特権階層）的地位に居座わる」ものとしている。[27] この立場では、ブルジョア的個人は理想化され、ファシズムがブルジョア社会の帰結であることが見失われる。

第二に、ソ連型マルクス主義である。スターリンは、一九二三年に「社会民主主義とファシズムは対立物ではなく、双生児である」と論じ、これがドイツ共産党を後ろで支える教義となった。一九三五年のコミンテルン第七回大会で人民戦線戦術が採択されてこの方針は放棄されたが、今度は戦略的な思惑からソ連は独ソ不可侵条約（一九三九）を締結してしまう。おりしもソ連国内でスターリンは一九三七年当時から大粛清を実行していた。両国は、スターリン独裁とヒトラー独裁という全体主義的な傾向を共有しており、本来のマルクス主義の立場からのファシズム分析について多くを望むことは困難である。一九四一年にドイツは不可侵条約を破ってソ連に進行し、これがソ連の連合国側への参戦となったとはいえ、ファシズムについての科学的分析が深まったとは言えないように思われる。

第三は、ドイツ社会民主主義である。第一次大戦で祖国防衛に協力した社民党は、自由主義者とともにワイマール体制を支えた主柱のひとつであった。社会民主党は一九一八－一九二〇、一九二八－一九三〇に政権政党だったが、ことに大恐慌以降になると人気を失い、一九三二年にはナチ党に第一党の座を奪われてしまう。ナチ党政権下では社民党は反共的で、ナチには融和的であり、挙句の果てに社民の代議士たちは強制収容所に送り込まれた。久野収は社民的なファシズム批判は「自由主義とソ連型マルクス主義の両方の間の振り子的動揺を超出できなかった」としている。[28]

したがって、望まれる理論は、自由主義の伝統を生かしながら、社会民主主義をもっと発展させ、そのうえでマルクス的な人間解放の視点への道筋を解明することであっただろう。こうしたコンテクストからホルクハイマーの個人論に関する著作を検討してみよう。なぜなら、「現代の危機は個人の危機のなかで表明される」[29]からである。

まず「現代哲学における合理主義論争」（一九三四）と「モンテーニュと懐疑の機能」（一九三八）を検討してみよう。

ホルクハイマーによれば、ブルジョア社会の成立とともに個人主義的価値が台頭する。「ブルジョア社会の勃興期においては、大きな社会層中の個人――それはもちろん歴史的に制約されているが――は彼自身の特殊な配慮、決意、企画を通じて彼自身の状態を広範に改良することができた。今日では、人類の生活は、高度に発展した国々では経済的諸関係のために、若干の例外をのぞくと彼自身の意志によってはどうにもならないような因子に支配されている」[30]。「したがって、前期の理論が人間を奨励して、正当にも、彼自身の幸福のための配慮に専念せしめたのとは逆に、われわれはこのような行為がほとんど絶望的状態にある事実に関する明確な洞察の上に立たなければならない」[31]

ここで指摘されるように、個人主義は最高価値から絶望状態へ転化する。ホルクハイマーによれば、近代哲学史（デカルト主義とイギリス経験論およびカント哲学）を貫く立場、すなわち「人間存在を個々の意識過程 einzelnen Bewusstseinsvorgängen から合成されたもの」[32]と考える立場は、「生活上の一切の問題を自分自身の統制下におこうとする開化したブルジョア社会層の実践的態度の表現である」[33]。

ブルジョア社会の興隆期には自己統制する個人概念が台頭した。ところが、「ブルジョア的世界形成の蔓延とそれのもたらす成果に対する恐怖が、ブルジョア階級自身の日程にのぼりはじめたとき、デカルト的＝経験論的意識哲学にたいする攻撃もまた、当然の権利を獲得した」[34]。このころから合理主義も変質する。すなわち「合理主義を否定する運動はブルジョア社会の自由主義段階から独占資本主義的段階への移行の歴史を反映している」[35]というのであった。

この移行にホルクハイマーは印象主義絵画、文学、ニーチェ、ベルグソンなどの非合理主義哲学の存立根拠を見る。

ホルクハイマーは常に一定の社会集団の中で個人は制約されているという個人観をとる。それゆえに個人主義も同じように歴史的なものである。これが「個人主義 Individualismus に対するわれわれの立場の出発点である」。だからホルクハイマーは、孤立したモナド的人間を「ブルジョア的個 bürgerlichen Individuum」[36]と呼ぶ。

そして、ホルクハイマーは近代哲学における個人の概念の積極的な意味を確認したうえで、自由主義者の議論とは異なって、ファシズムはブルジョア的個人の没落の産物であると位置づける。一九三八年の「モンテーニュと懐疑の機能」によれば、「ファシズムは、ブルジョア社会に反するものではなく、一定の形式のもとでは、ブルジョア社会の首尾一貫した形式である」[37]。これは言い換えるならば、ブルジョア的個人は起源におけるその調和性を自ら否定するに至るということにほかならない。「市場は、社会の再生産を媒介するのに、人命と財との甚大な損失を伴わざるを得ず、資本主義経済の前進とともに富が増大するにも拘らず、人類を野蛮に逆戻りさせることから守ることができない」[38]。こうしたブルジョア個人(主義)の変質は、実のところブルジョア個人主義の歴史的な没落局面の表現なのである。

それゆえ、ホルクハイマーはいまや窮地に陥ったブルジョア的個人の両義的な意味を次のように確認する。

「社会の現況に関する明晰な認識が現実的威力となって働くような典型的人間は、覚醒して逆に失望したブルジョア的個人の懐疑的反省においてこうした認識が果たしていた意味を変革する。このような典型にあっては認識は前進的威力を形成する。認識は社会生活の旧来の形式の持続を通じて絶望的存在に突きおとされたあらゆる人びとに、共同的（solidarisch）にのみ到達しうるような新しい目標――総体の諸欲求に適応した社会形態への改正――を指示する。利己心（selbst Interesse）は共同性において単純に否定されるのではない。なぜなら、他ならぬこの利己心が現存世界における個人的努力 individuellen Streben の絶望性の自覚として、活動へ駆り立てる動力をなしているからである。けれども同時にこうした利己心は市民的時代に特徴的であった形態を喪失して、その反対物（総体性への関心）となる」[39]。

同箇所でホルクハイマーが「したがって解決すべき課題はこうした個人的利益の抑圧ではなしに、こうした矛盾（大多数の社会成員の自己関心と社会の現存形態の矛盾）の解決である」[40]としているところから見ると、ブルジョア的個人の自己保存の概念を積極的に受け継ぐものが将来社会には存在するというのがホルクハイマーの立場であるのだ。すなわち

「ブルジョア的生活形式を発展的意味で超越する生活においては、個人主義的諸目的は闘われも抑圧されもせず、全社会にとって決定的な目的設定の背後にしりぞく」[41]というのはそういう意味であろう。

このようにホルクハイマーはブルジョア的個人の自己保存を単純に否定しない。むしろ個人の自己保存の権利の機能転換に依拠することを唯物論の試金石として見定めているのである。ブルジョアの自己保存が個別的な利己心だったのに対して民衆の自己保存は、総体性への関心に変わるのだという。そして、自己保存は全体的社会生活の中で、見えざる手に操られるような客体であることをやめ、諸欲求として社会的な目的設定の背後にしりぞくかたちで保存されるというのである。

一九三四年のこの論考でのホルクハイマーの個人論の基本的な構図は明瞭である。

第一に、ホルクハイマーは、マルクスのようにEinzelneとIndividuumを対照化させるような用語法を必ずしもとっていない。むしろ、個体Individuumそのものの起源がブルジョア的な、したがって孤立させられたものであって、「個人Individuumの社会に対する依存性」[42]として把握されている。マルクスはIndividuumをいわば歴史貫通的に把握して、それが特殊歴史的にはEinzelneとして現れると解するのであるが、ホルクハイマーはマルクスの言うEinzelneを端的にブルジョア的個体と呼び、個体は資本主義の初期には自己統制的で調和的であったのに、後期にはそのヒューマニズム的な形態を失うとつかむのである。

第二に、それゆえブルジョア的個人から新しい個人への弁証法的な継承否定関係は、マルクスの場合のように、個別的労働者が生産の社会化を通じて協業を発展させ、けっきょく資本主義的所有の枠を超えるかたちで、個体を再建するという具合に把握されるわけではない。もちろん、ホルクハイマーは、生産手段の合理的な所有を念頭に置いているが、そこへ至るうえでEinzelneが生産の社会化にたいして構成的に入り込むことの把握が明確ではなく、生産の社会化が論理的に把握されていない。せいぜいのところホルクハイマーは、自由主義から独占資本主義への転換という歴史図式に従って個人の肯定面が否定面によって徐々に圧倒されるという具合に事態を摑むにとどまる。

第三に、だから、個人の没落はさけられないという場合、ホルクハイマーは、ファシズムの支配下におかれた危機の中でのブルジョア的個人（厳密に言えばEinzelneの自律性）の没落を、個人一般の没落に等しいとつかむ。もちろん自己保存の権利をもった個人主義は単純に否定されるのではないという見解は卓見であるが、それはマルクスの場合のように、初期個人主義が立脚していた個体的私的所有のうちの、私的所有の止揚を通じての個体的所有の再建として把握されているわけではない。ホルクハイマーは、ナチズムにたいする抵抗と反撃が現実には世界規模で闘われたこと、そしてこの抵抗が生産の社会化（ゲゼルシャフト化とゲマインシャフト化）の正常さをとりもどす闘争として戦われて、ナチズムを打倒したことをまったく予想していなかった。逆にホルクハイマーは個人の没落と権威主義的国家の一元的支配をますます詠嘆する立場に移行していったのであって、このことの理論的な根拠は個人 Individuum 一般の没落という把握にあった。

ホルクハイマーのその他の重要な論文「権威と家族」（一九三六年）、「エゴイズムと自由を求める運動」（一九三六年）などには、ここに述べたのとまったく同一の個人論が展開されると見てよい。

ところで森田数実が指摘するように、ホルクハイマーの理性批判は一九三〇年代と四〇年代とでは大きな断絶を受け取るという。[43] すなわち『啓蒙の弁証法』（一九四四）になると理性批判は壮大な歴史哲学へと再編され、ギリシア神話における人間の自然支配の過程からファシズムの起源が考察されるようになるのである。

個人論のテキストとしては、この断絶以降に書かれた「個人 Individuum の台頭と没落」（一九四七）に注目してみたい。ここにはその断絶が現れている。というのも、ここでは、個人 Individuum の起源は、ギリシアの英雄に設定される。そしてキリスト教をへて一七世紀にブルジョア社会の原子論的個人の象徴としてのモナドができあがるとされる。しかし、ブルジョア的個人は当初は調和的であるが早晩その調和性は失われる。「現代社会は全体であるがゆえに、個体性の没落は上層社会集団のみならず、下層にも、事業家におとらず労働者にも影響を与えている」[44]とか「巨大な産業力の時代は、一見恒常的な所有関係から出て来る確固とした過去と未来の見通しを排除することによって、個人を解消する過程のなかにある」[45]という文句が示すように、新しい個人性の再現の前兆はほとんど存在しない。それどころか「原子化は、集産化 collectivization と大衆文化 mass culture の時代にその頂点に達する」[46]とされている。ここでは生産の社会化が「集産化」ととらえられ、それ自体が暗黒の管理として把握されている。ホルクハイマー自身は同じ個所で「個人の解放とは、社会からの解放ではなく、原子化からの解放である」と正当にも述べているのだが、個人の解放のためには原子化をつうじての生産の社会化が基盤となることを全く没却するのである。「哲学の課題は、収容所における無名の犠牲者たちがおこなったことを言葉に代えることである」[47]という末尾の言葉は胸を打つ言葉ではあるが、これは理論ではない。「個人の台頭と没落」という表題に現れているように、この論文はブルジョア的個人の台頭と没落（ファシズム）を扱ったものである。しかし、ブルジョア的個人が没落することはいかなる意味で積極的なモメントをもつのであろうか。このことこそが解明されるべきことなのである。やはりホルクハイマーは、ブルジョア的個人の没落を個人一般の没落として把握してしまう誤ちを犯したと言えるであろう。

最後にホルクハイマーがアドルノとともに書いた『現代社会学の諸相』（一九五六年）を見ておこう。ここで個人概念のある終着点が定式化されたように思われる。

すなわち『現代社会学の諸相』（一九五六年）において、個人 Individuum は、これまで同様ひとつの歴史的なカテゴリーとして把握されている。つまり、

「個人 Individuum が強力になればなるほど、それだけ社会の力も、交換関係――個人はそのなかで形成される――によって強化される。『個人 Individuum』と『社会 Gesellschaft』はともに補完しあう概念である。簡単に言えば、個人 Individuum は自然存在の対立物である。つまり、個人は単なる自然の関係から自らを解放し、疎外された存在であり、もともとはじめから社会と関係した存在、したがってそれ自体孤立した存在

einsames Wesen である」[48]。

ここで Individuum と言われているものは本当のところは Einzelne というべきである。なぜなら、Einzelne こそが交換関係としての社会の補完物であるからだ。だが二人のように Individuum を Einzelne と同義につかんでしまうと、もはや来るべき新しい個体を語る余地はなくなる。ただしまことに例外的にだが、マルクスに非常に近づいた、一種の未整理と思われるような次のような文章もある。「個人 Einzelne が全体 Ganzen から根元的に独立したいという信念があっても、このような信念は実際はただの見せかけである。個人自身の形式 Die　Form des Individuums はある社会の形式であり、それは独立した経済主体が集まる自由市場の媒介を通して生活を維持している」[49]。

この引用において強調されるのは、個別者 Einzelne とは個体 Individuum の一つの形式であるという把握である。これはマルクスの用法に近い。しかし、それは用法の次元であって、把握の次元ではない。しかもこの把握は本質上マルクスとは異なっている。マルクスは、自由市場に従属した Einzelne へといったん人間が解体されるからこそ生産が社会化し、ゲゼルシャフト化とゲマインシャフト化の矛盾が展開し、それによって Einzelne を超えることが可能になるという弁証法を確立していた。ブルジョア的個人は没落するが、むしろそのことによって新しい個体形成の条件が作り出されるのである。こうした弁証法的な把握が欠落しているところにホルクハイマー（そしてアドルノ）の特徴がある。

この弁証法を見失えばどうなるか。個体であれ個別者であれ、いつでも個人は自由市場の媒介のもとに置かれているという一種の宿命論に陥るほかはない。結局二人は個人をIndividuum ＝ Einzelne としたうえで、自由市場の支配からは誰も自由ではありえないと把握しているに等しいのである。

これは、ウェーバーと比較して面白い点である。ウェーバーは、いわば Einzelne を原型化し Individuum へ一般化するのだが、ホルクハイマーとアドルノは、Einzelne が疎外された個人であると呪詛しながら、それを個体へ一般化するのである。

自由市場に対して否定的であろうと肯定的であろうと、個体と個別者を等置するならば、新しい質を持った個体の創出という課題を理論的に切り開くことはできないのである。

おわりに

ここまで述べてきたように、現代の個人をめぐって様々な議論があった。

第一に、現代の新自由主義のもとでは、自由市場に個人の自由を求める議論があった。

しかしこれについては、個人概念を探求する中で個体と個別者を区別する見地からすると新自由主義の個人論をそのまま肯定することはできないと思われる。なぜなら、新自由主義の言う自由とは個体ではなく、個別者の自由であるからである。

第二に、新自由主義の対極にあるようにみえるコミュニタリアニズムの個人論があった。これは、競争的な環境の中に置かれる個人を否定的に見ている。コミュニタリアニズムは急進化すると、個人のエゴイズムを憎悪の対象とし、その反対側に国家共同体を持ち込む議論へ発展する。一見するとこれは、新自由主義に攻撃を加えているかのように見えるが、実はそれの補完物であり、新自由主義とともに興隆し、衰退するものであろう。

第三に、ウェーバーの個人論は、長らく最良のブルジョア的個人主義の伝統を内蔵した立場として高い評価を得てきた。しかし、詳細に検討すると、ウェーバーは、個別者Einzelneを過度に一般化し、個体Individuumを基礎に据えた理解社会学の可能性を狭めてしまった。したがって、彼が個人主義的な自由の活動の余地をうったえる場合も、個体のそれではなく、やはりどこまでもブルジョア的個人の危機の救済を目指す議論という限定を抜け出すことはできなかった。

第四に、フランクフルト学派第一世代のホルクハイマー（およびアドルノ）の個人論は、ファシズムが最良のブルジョア的個人の伝統を破壊するばかりでなく、個人の社会的原子化を極限化するという現実認識をもっている。そこで、ホルクハイマーはファシズム下でブルジョア的個人が発生期の解放性を失うという議論をたてた。しかし、この議論では、個体と個別者が等置されているために、個人 Individuum 一般が没落の一途をたどるという宿命論に陥ってしまう。このために個人の没落を克服する道筋はついに解明されなかった。

これらの議論にはすべて大なり小なりの隘路がある。最大の課題は、これらを踏まえた場合、新自由主義的なコンテクストのなかにおいて、いたずらに楽観にも悲観にも陥らず、しかもまさに来るべき個体の在り方を概念化できる方法論的な立場がいったいどこにあるのか、ということであろう。私見では最も理論的な可能性があるのは、ヘーゲル・マルクス系の個体性論である。

ヘーゲル・マルクス系の観点に立てば、広い意味での個人とは、概念的につかめば、狭義の個体と個別者との統一と闘争である。ブルジョア期の初め一七世紀には、個別者の優位のもとに個体が誕生した。個別者とは全体性の喪失者であり、個体とは自由な意思決定の主体である。マルクスの言う個体的私的所有とは、個体の意思決定の独立性を保持するところの、排他的私的所有である。しかし、私有の形式のもとで、実質たる個体はますます疎外され、抑圧されるようになった。資本主義的な私的所有による個体的私的所有の収奪がここで進行する。資本家は労働者の自由な意思決定を剝奪する。後期資本主義になると、たんに生産点においてのみならず、消費を含む全生活過程で企業と政府の巨大な複合体による管理過程は大規模にすすめられる。このために、個体は個性の十全な発展を遂げることができない。個性を実現するためには、個体はその自然発生的なあり方を示す個別性と闘争状態に入らざるをえない。現代は新自由主義の時代であり、市場依存が最高度に達した段階である。すると、個別性による支配も最高度に発展する。だがその裏面では、使用価値の物質代謝過程を担う共同占有者たちである現代の賃労働者は、その生産手段の使用の社会化を基礎において、たんに生産点においてだけでなく、あらゆる社会領域を個性の実現の場に転化しようとする潜在的な、また顕在的な運動をおこすほかはない。最終的には個体が個別性を止揚するところまで、この闘争は持続するであろう。

要するに、人間が個別化される（vereinzeln）ことをつうじて生産の社会化が進行し、これを基礎にして個体性が再建されるという弁証法が、従来のいずれの議論にも抜け落ちているわけである。[50]

二一世紀の現状を見る場合にこそこの弁証法は不可欠である。新自由主義の下で、万人がますます個別化され、そのことによって市場経済の下で生産の社会化が進展する。個別者であることが、逆説的に、労働のゲゼルシャフト化のもとでのゲマインシャフト化をもたらすという矛盾が、資本主義的私的所有の基礎過程で進行するのである。

生産の社会化は、生産手段の共同占有をたかめてゆく過程である。だから、この占有を基礎として個体的所有の再建をはかる闘争が進展する。これこそが個別者を個体へ転化させるための基本的な論理となる。

むろん、これはまだきわめて抽象的な次元での議論の整理にすぎない。より複雑で、豊かな表象を分析してゆく場合、私たちは錯綜した諸傾向の中の個人のゆくえをとらえきるために、個体と個別者の弁証法を理解しなければならないのである。

【注】

（1）日本経済団体連合会『活力と魅力溢れる日本をめざして　日本経済団体連合会新ビジョン』日本経団連出版、二〇〇三年、五五頁。

（2）村上龍、河合隼雄「心の闇と戦争の夢」村上龍『存在の耐えがたきサルサ』文春文庫、二〇〇一年、五一六―五一七頁。あわせて河合隼雄編著『「個人」の探究』NHK出版、二〇〇三年。また、村上龍『13歳のハローワーク』幻冬舎、二〇〇三年、で彼は「サラリーマンとOLを選択肢から外して仕事を考える」ことを勧めている。問題は外すのではなく、この圧倒的な賃労働社会のなかで仕事をどう主体的に組織できるか、ではなかろうか。

(3) 小熊英二、上野陽子『〈癒し〉のナショナリズム』慶應義塾大学出版会、二〇〇三年。

(4) 同書、四五頁。

(5) 同書、四八頁。

(6) 同書、一九二頁。

(7) 小林よしのり『新・ゴーマニズム宣言 4』小学館、一九九八年、第四一章、四五―四六頁。

(8) 『社会学評論』第52巻第3号、二〇〇二年、五七―五八頁。

(9) Karl Marx, Friedrich Engels;hrsg. von Wataru Hiromatsu, 1974 *Die deutsche Ideologie :Kritik der neuesten deutschen Philosophie in ihren Repräsentanten, Feuerbach, B. Bauer und Stirner, und des deutschen Sozialismus in seinen verschiedenen Propheten*, Bd. 1, Kawadeshoboushinsha' 1974.S.164, 広松渉編『ドイツ・イデオロギー』河出書房新社、一九七四年、一六四頁。

(10) *Ibid.*, S. 50, 同、五〇頁。

(11) *Ibid.*, S. 32, 同、三二頁。

(12) *Ibid.*, S. 42, 同、四二頁。

(13) Weber, Max, 1963 *Gesammelte Aufsätze zur Relisionssoziologie*, Vol. 1. JCB MOHR Tübingen, S. 35, *The*

Protestant Ethic and the Spirit of Capitalism, translated by Talcot Parsons, Unwin University Books, 1930, p.53, 大塚久雄訳、岩波文庫一九八九年、四七頁。

（14）*Ibid.*, S. 37, ibid, p.54, 同五〇頁、訳は一部変えた。

（15）*Ibid.*, S. 62, ibid. p.77, 同九三頁。

（16）*Ibid.*, S. 71, ibid, p.81, 同一一二頁。

（17）*Ibid.*, S. 101, ibid, p.109, 同一六七頁。

（18）*Ibid.*, SS. 98-99, ibid, p.108, 同一六五頁。

（19）Weber, Max, 1951, *Gesammelte Aufsätze zur Wissenschaftslehre*, J. C. B. MOHR, S. 439, 林道義訳『理解社会学のカテゴリー』岩波文庫、一九六六年、三二一―三三二頁、海老原明夫、中野敏男訳『理解社会学のカテゴリー』未来社、一九九〇年、三七―三八頁。

（20）*Ibid.*, S. 439, 林訳三三二頁、海老原、中野訳三八頁。

（21）*Ibid.*, S. 439, 林訳三三二頁、海老原、中野訳三八頁。

（22）Weber, Max, 1976 *Wirtschaft und Gesellschaft*, J. C. B. MOHR, S. 6, 1964 *Basic Concepts in Soiciology by Max Weber*, translated by H. P. Secher, The Citadel Press, p.41 清水幾太郎訳『社会学の根本概念』岩波文庫、一九七二年、一二二頁。

（23）*Ibid.*, S. 6, *ibid*, p.42, 同一二一―一二三頁。

（24）Habermas, Jürgen, 1982 *Theorie des Kommunikativen Handelns*, Bd1,Suhrkamp Verlag, SS.377-379. ユルゲン・ハーバーマス、藤沢、岩倉、徳永、平野、山口訳『コミュニケイション的行為の理論 中』未

来社、一九八六年、一五一一七頁。
(25) Weber, Max, 1976 *Wirtschaft und Gesellschaft*, J. C. B. MOHR, S. 11, 清水訳三五頁。
(26) *Ibid*, S 12, 同三九頁。
(27) 久野収「マックス・ホルクハイマー―集団的抵抗の思想」、マックス・ホルクハイマー（一九七四）『哲学の社会的機能』晶文社、一九七四年、二四三―二四四頁。
(28) 同二四四頁。
(29) Horkheimer, M, 1974, *Eclipse of Reason*, Continuum, p.128.
(30) Horkheimer, M, *Gesammelte Schriften*, Bd. 3, S. 197, 久野収訳「現代哲学における合理主義論争」『哲学の社会的機能』二二一九頁。
(31) *Ibid*., S. 219, 同二二一九頁。
(32) Horkheimer, M 1934, *Zum Rationalismusstreit in der gegenwartigen Philosophie*, Gesammelte Schriften, Bd. 3, S. 164, マックス・ホルクハイマー（一九三四）、久野収訳「現代における合理主義論争」『哲学の社会的機能』晶文社、一九一頁。
(33) *Ibid*., S. 166, 同一九二頁。ただし訳はしばしば変更している。
(34) *Ibid*., S. 166, 同一九二頁。
(35) *Ibid*., S. 168, 同一九三頁。
(36) *Ibid*., S. 197, 同二二一九頁。
(37) Horkheimer, M, *GS*, Bd. 4, S. 278. ホルクハイマー「モンテーニュと懐疑の機能」森田数実訳『批判的

社会理論—市民社会の人間学—』恒星社厚生閣、一九九四年、二二六頁。

（38）Horkheimer, M,1934, *GS*, Bd. 4, S. 70. ホルクハイマー（一九三六）、森田訳「エゴイズムと自由を求める運動」前掲書、一五三頁。

（39）Horkheimer, M, 1934, *op. cit.*, S. 197,「現代における合理主義論争」『哲学の社会学的機能』、二一九頁。

（40）*Ibid.*, S. 201, 同二二二頁。一九八八年版では、「唯物論的理論にしたがって、全体社会的な上部構造の基礎である生産関係の一定の修正をつうじてのみ解決されるべき課題は」と追加記述がある。

（41）*Ibid.*, S. 210, 同二二九頁。

（42）*Ibid.*, S. 196, 同二一八頁。

（43）森田数実「ホルクハイマーの社会理論—あとがきに代えて」『批判的社会理論 —市民社会の人間学—』恒星社厚生閣、一九九四年。

（44）Horkheimer, M. 1974, "*Rise and Decline of the Individual*" Eclipse of Reason,Continuum, p. 143, 山口祐弘訳「個人の台頭と没落」『理性の腐食』せりか書房、一九七〇年、一八〇頁。

（45）*Ibid.*, pp. 156-157, 同一八二—一八三頁。

（46）*Ibid.*, p. 135, 同一六三頁。

（47）*Ibid.*, p. 161, 同一九〇頁。

（48）Institute für Sozialforschung, 1956, *Soziologische Exkurs*, Nach Vorträgen und Diskus sionen, Europäische Verlogsanstalt, Frankfurt am Main-Köln, 3. Auflage,S.47、山本鎮雄訳『現代社会学の諸相』厚生閣、一九八三年、四八頁。

（49）*Ibid*, 1956,S.47, 同四八頁。なお、本稿ではアドルノには十分言及できなかったが、ヴィガースハウスの研究には、本稿の主題との関係で注目すべき点がある。それはアドルノが自我に関する議論において二つの考え方の間を揺れ動いているという観察である。「一つは、自我というものは廃絶されてしまっており、支配者に管理されるアトムになってしまった人間たちが支配者にとり望ましい働きを冷徹に遂行し、ついには無慈悲な大量殺戮をするにいたるという考えである。もう一つの考え方は、弱体化しているとはいえ自我は存続しつづけているのだが、しかし自分の身を守り無力な状態から抜け出そうとして、ほかならぬ当の権力と一体化してしまい、自律について考えることすら放棄することになるというものである」（Wiggershaus, Rolf, 1987, *Theodor W. Adorno*, Verlag G. H. Beck München, S.76, R・ヴィガースハウス著、原千史、鹿島徹訳『アドルノ入門』平凡社、一九九八、一五〇頁。）これは読めばわかるように、従属の中の二形態間の理論であって、従属を抜け出す可能性については非常に悲観的になっていしまっていることに変わりはない。アドルノは『ミニマ・モラリア』一九四四年で、個体 Individuum が無力化し、無抵抗化すると論じる一方で、個別者 Einzelne もまた寄生者的心理に陥ると論じており、ここには両者の区別はほとんどないに等しい（第一部2、3）。

（50）ホルクハイマーは権威主義的国家という一国資本主義論に縛られて，世界水準の闘争に希望を見出せなかった。しかし全世界を単位とみなすならば、生産のゲゼルシャフト化とゲマインシャフト化が同時進行する。そうである以上は「正常な」軌道を資本主義そのものが回復しようとすることは避けられない。連合軍による反ファシズムの動きは世界規模の生産の社会化を基礎に据えて理解されねばならなかった。

第12章　漱石における賃労働の問題

はじめに

漱石が作家になったのは四一歳の時であった。彼は心身を削って、死に至るわずか一〇年の歳月で、日本近代を総体として描く作品群を続々と書いた。裏から言えば、漱石にはまことに独創的な賃労働論があった。それを述べてみたい。

1　漱石の大著述の構想

漱石は、実作を作るまえに、哲学的、または社会科学的な認識枠を準備し、それを登場人物に語らせる、という手法をとる。哲学と文学のこうした二階建ての知識構造を漱石が持つようになったのは、ロンドン留学の頃である。

一九〇〇年、漱石はロンドンに留学し、淋しい生活を送るのだが、ほんの一時期おそらくは非常に楽しかったのは池田菊苗（いけだきくなえ 一八六四〜一九三六）が 一九〇一年に訪れて数ヵ月同居したときだった。[1]

池田は味の素の元となるグルタミン酸ナトリウムを発見したことで有名な化学者である。だが一種の万能人で、東西の哲学に精通し、『資本論』その他の社会科学をも理解できる人だった。漱石が、文学を棚上げして、哲学、社会学、心理学に大きな関心を抱き、文学の勉強を再開したのは、池田の影響を受けたあとであった。

留学中の勉強が総括されているのは、妻鏡子の父である中根重一宛の一九〇二年 三月一五日の手紙である。ここで彼は近代を総体的摑むという大著述の構想を明らかにした。

「先ず小生の考えにては、『世界を如何に観るべき哉といふ論より始め、それより人生を如何 に解釈すべきやの問題に移り、それより人生の意義目的及びその活力の変化を論じ、次に開化の 如何なる者やを論じ、開化を構造する諸元素を解剖しその聯合して発展する方向よりして文芸の 開化に及ぼす影響及びその何物なるかを論ず』るつもりに候[2]」

この構想を漱石は全作家生活一〇年の間忘れなかった。英国から帰国した一九〇三年、漱石は帝大の英語講師となった。ところが一九〇六年、入試委員嘱託拒否事件を起こし、教授会と対立した。半藤一利氏が解明したように、『坊っちゃん』(一九〇六)という小説は、この事件に対する鬱憤の現れであった。この時、教授会の講師にたいする権力構造に漱石は理屈からでなく、実地に気づかされた。

この事件で東大にほとほと嫌気がさした彼は朝日新聞の専属作家に転身した。教授会と決別して初めて解き放たれた漱石は心底「ざまあみやがれ」と思っただろうし、清々しただろう。

ところが、ここが漱石の「頭の強い」ところだと私は思うのだが、自分は幸運にも自由に物が書ける立場になったが、およそ普通の人々はそう簡単には転職できるわけではない。むしろ反対に、雇い主の権力のもとで始終呻吟しているという認識を漱石は持つにいたった。個人的に有頂天になるところで反対に重い主題をつかむところが彼の知性の強さである。

それゆえに、『坊っちゃん』以降、漱石の賃労働論の発展を全作品の中に見いだすことは容易である。一九一〇年の『それから』では、就職しない主人公代助を漱石は登場させた。近代を特徴づけて、「資本家」とか「生存競争」という用語を自在に使っている。

「何故働かないって、そりゃ僕が悪いんじゃない。つまり世の中が悪いのだ。もっと大袈裟に云うと、日本対西洋の関係が駄目だから働かないのだ。」という人を食った理屈が出てくる。「西洋の圧迫を受けている国民は、頭に余裕がないから、碌な仕事はできない」、「食う方が目的で働く方が方便なら、食いやすい様に、働き方を合わせて行くのが当然だろう。そうすりゃ、何を働いたって、又どう働いたって、構わない、ただパンが得られればいいということに帰着してしまうじゃないか。労力の内容も方向も乃至順序も悉く他から掣肘される以上は、その労力は堕落の労力だ[3]」。

これが代助の言い分である。ここでいう「他からの掣肘」とは、①西洋の圧力による日本の掣肘であり、②パンを得るという目的による労力の掣肘であり、③主人による労力の掣肘である。逆に言えば、一人の人間が誠実に労力を使うためには、これら三重の掣肘を廃絶しなければならないと漱石は考えたということになる。こんなことだから働かないのだと言われたら、一体どう答えればよいのだろうか。何だかやりきれないのである。三千代はすかさず「私よくわからないわ。少しごまかしていらっしゃるようよ」とやり返している。

それでも代助は屈せず、③主人による労力の掣肘を一層掘り下げてみせる。「織田信長が、ある有名な料理人をかかえたところが、始めて、その料理人のほうでは最上の料理を食わして、しかられたものだから、その次からは二流もしくは三流の料理を主人にあてがって、始終ほめられたそうだ。この料理人を見たまえ。生活のために働く事は抜け目のない男だろうが、自分の技芸たる料理その物のために働く点から言えば、すこぶる不誠実じゃないか。堕落料理人じゃないか」。平岡が反論して「だってそうしなければ解雇されるんだからしかたあるまい」というのを迎え撃って「だからさ、衣食に不自由のない人が、いわば、物ずきにやる働きでなくっちゃ、まじめな事はできるものじゃないんだよ」といって議論は終わってしまう。(4)

『彼岸過迄』(一九一二)もまた賃労働の話である。主人公田川敬太郎は就活中の大卒者で、なかなか職が見つからずに困っている。それで須永市蔵という友人のツテで田口という雇い主に巡り会う。就職前の敬太郎の考えは、「学士の数がこんなに増えてきた今日、いくら世話する人があろうとも、そう最初から好い地位が得られるものではない」、だから「何でもやります」と頼み込んだ。こういうことがあって雇い主の田口は、敬太郎にある男を尾行するよう命じるのであるが、この尾行が物語の大半を占める。

賃労働論としてみると、面接の後であたえられる労働内容は、働く本人のまったく想定しないものだった。およそ賃労働のもとでは、労働活動をする当人は自分の労働活動を自分で決めることはできない。マルクスが「労働処分権」のはく奪と言った問題である。何を、何のために、誰のために、どこで、いつまでに、いかに働くか。労働の5W1Hを労働者は自分で決めることを許されない。しかし、これほど「自己本位」に反することはない。およそ「やりたいこと」と「やっていること」が合致しなければ「自己本位」はない。雇い主というのは一般にこの合致を壊し、「他人（賃労働者）の事業を妨害」せずには成り立たない。

『彼岸過迄』の凄いところは、いったい他人によって自己の事業を妨害されても「平気」で働いている人は果たしてどういう人間であろうかという問いに答えるくだりだ。

漱石によれば賃労働者に向いているのが敬太郎である。「僕は本来から気の移りやすく出来上がった、極めて安価な批評をすれば、生まれついての浮気者であるに過ぎない。僕の心は絶えず外に向かって流れている。だから外部の刺激次第でどうにでもなる」。敬太郎はいわば真っ白な心の持ち主なのである。だから「なんでもやります」と言える。

これにたいして賃労働者に向かないのが友人の須永市蔵だ。「市蔵は高等学校時代から既に老成していた。彼は社会を考える種に使うけれども、僕（敬太郎）は社会の考えにこっちから乗り移っていくだけである。そこに彼（須永）の長所があり、かねて彼の不幸が潜んでいる。そこに僕の短所があり又僕の幸福が宿っている」。

なるほど漱石は、人間を二つのタイプに分けて「社会の考えにこっちから乗り移って行くだけ」の田川敬太郎タイプと「社会を考える種にする」須永市蔵タイプがあるという分析をしている。

敬太郎と市蔵はいろいろな対比を可能とする。「僕（敬太郎）は茶の湯をやれば静かな心持ちになり、骨董を捻くれば寂びた心持ちになる。そのほか寄席、芝居、相撲、凡その時々の気持ちになれる。その結果あまり眼前の事物に心を奪われすぎるので、自然に己れなき空疎な感に打たれざるを得ない。」

これに対して「市蔵は自我よりほかに当初から何物をも持っていない男である。彼の欠点を補う――というより、彼の不幸を切り詰める生活の経路は、ただ内に潜り込まないで外に応ずるよりほかに仕方がないのである」(5)。

漱石によれば、田川敬太郎タイプは、いわば心を白紙にして「何でもやれる」から賃労働に似つかわしいのだが、空疎が残る。須永市蔵タイプは「自我よりほかには当初から何物をも持っていない」から、賃労働にはあまり向かない。

だがタイプの違いを選別するのは近代社会なのだ。賃労働は容赦なく人を敬太郎タイプへ変えるのであり、市蔵タイプの人間を排除する。市蔵は「不幸」になる。漱石としては「自己本位」に定位して「自我よりほかには何物をも持たない」須永市蔵のような人間に活躍してほしいのだ。しかし、そうはいかない。一般的に見て、敬太郎の軽薄さをもたなければ「幸福」にはなりえず、もし市蔵の自我をもてば「不幸」にさらされる。近代社会の賃労働者は大方敬太郎で埋め尽くされる。

およそ近代社会において賃労働者は、「幸福」でありつつ空疎の感を我慢するか、「不幸」を承知で「内に潜り込んで」いくか、いずれかしか選べない。漱石は、本質的に賃労働に不似合いな人間であるが、そうであるからこそ賃労働に適応する場合の病理を見抜いていたということができよう。

ここから後の漱石は『私の個人主義』(一九一四)、『明暗』(一九一六)と続け、そこである意味で賃労働論の最高峰に到達する。資本主義を「金力権力本位の社会」と規定するのはこの頃のことである。それは、金力が誘惑をもって、権力が命令をもって「おのれの個性を勝手に発展するのを妨害」する社会にほかならない。賃労働は、他人によって自己の事業を妨害された者が「パンのために仕方なく働く」社会、「自己本位」を実現できぬ社会にほかならない。結論的に言うならば、漱石は、一九〇二年の中根重一宛の手紙で近代を総体的に摑むと宣言し、晩年まで着実に賃労働の本質に迫ったのであった。

2　福沢諭吉と夏目漱石の階級観の衝突

以上の漱石の近代社会論はそれまでの近代社会論と真っ向から対決するものである。そもそも日本近代を切り開いたのは福沢諭吉によるところが大きい。「天は人の上に人を造らず人の下に人を造らずと言えり」で始まる『学問のすゝめ』（一九七二）を少しだけ読み進むと平等とは逆の事態が書かれている。

「世の中にむつかしき仕事もあり、やすき仕事もあり。そのむつかしき仕事をする者を身分重き人と名づけ、やすき仕事をする者を身分軽き人という。すべて心を用い心配する仕事はむつかしくして、手足を用いる力役はやすし。故に、医者、学者、政府の役人、または大なる商売をする町人、あまたの奉公人を召使う大百姓などは、身分重くして貴き者というべし。……人は生まれながらにして貴賤貧富の別なし。ただ学問を勤めて物事をよく知る者は貴人となり富人となり、無学なるものは貧人となり下人となるなり」[6]

つまり、諭吉は法の前で人は平等だが、そうであるがゆえに貴賤貧富の階級制度が生まれると論じた。いや、それだけでは諭吉の言いたいことはまだ十分伝わらない。諭吉はこの格差はもとはといえば同じ土俵から育ってくる自然の格差であると考える、だから、「上」は「下」から見れば仰ぎ見るべき憧れと羨望の対象だと言うのである。能力と運のある者が富貴を得、またしかるべき努力を控えた者が賤貧に苦しむのはまことに自然の成り行きである、と。

諭吉は、ご丁寧にも、階級制度の正当性を「我がまま」と異なる根拠あるものとする。「天の道理に従い、他人の妨げをなさずして我一身の自由を達すること」こそは文字通りの「我一身」のことであって他に関せぬことである。もし「他人の妨げをなす」時には「我がまま放蕩」と呼ばれても致し方ないが、「我一身の自由」なら何の問題もないというのだ。「自由」と「我がまま放蕩」の間に一線を引き、「上」に上がるのは人の「自由」であるとみなす。

ところが、漱石は諭吉の言う「他人の妨げをなさずして我一身の自由を達すること」は、実はすでにして「他人の事業の妨害」を含んでいると言う。たとえば学習院（当時は華族のための国立大学であった）で学ぶ者は、まだ金力と権力とを握っていないから、他人の個性を妨げる者とは言えないかもしれない。しかし、その可能性がある。将来はなかば決まっているからだ。

「自分の自我をあくまで尊重するようなことをいいながら、他人の自我に至っては毫も認めていないのです。いやしくも公平の眼を具し正義の観念をもつ以上は、自分の幸福のために自分の個性を発展していくと同時に、その自由を他にも与えなければ済まんことだと私は信じて疑わないのです。我々は他が自己の幸福のために、己の個性を勝手に発展するのを、相当の理由なくして妨害してはならないのであります。私は何故ここに妨害という字を使うかというと、貴方がたは正しく妨害しうる地位に将来立つ人が多いからです。貴方がたのうちには権力を用いうる人があり、また金力を用いうる人が沢山あるからです(7)」

諭吉の言う自由は、いわば「チャンス」を用いる個別者（Enizelne）の自由である。これにたいして、漱石は、個別者の自由によって「金力権力本位の社会」が結果する以上、「階級制度」は他者の「自己本位」の妨害のうえに成り立っていると論じて一歩も退かないのである。

漱石は、『坊っちゃん』発表の翌年（一九〇七）すでに中村古峡宛手紙でこう述べている。「細民はナマ芋を薄く切って、それに敷割などを食っている由。芋の薄切りは猿と択ぶところなし。残忍なる世の中なり。而して彼等は朝から晩まで真面目に働いている。岩崎の徒を見よ！！！　終日他人の事業を妨害して（否企てて）さうして三食に米を食っている奴らもある。漱石子の事業はこれらの背徳漢を筆誅するにあり」[8]。ここにも「他人の事業の妨害」というキーワードが出てくる。岩崎の徒のみならず、およそ諭吉自身がそこに所属する「上」は、漱石の眼でみれば他人の事業の妨害者である。すなわち諭吉の言う「医者、学者、政府の役人、または大なる商売をする町人、あまたの奉公人を召使う大百姓など」身分重き人は、諭吉から見て「味方」だが、漱石から見れば、他人の事業を妨害する「敵」以外ではない。

ここには視座 perspective の違いがある。対象はひとつ、一個の階級社会である。それを「上」から見て諭吉は一〇〇％肯定する。しかし、漱石は「下」から見て一〇〇％否定する。なぜ漱石はかくも明快なのか。諭吉は階級を梯子段のようなものと見ている。これにたいして漱石は階級を「上」による「下」の搾取とみなす。ただしこれは多くのマルクス主義者が階級を経済的富の問題だとみなしているのとは違う。漱石は搾取が経済的富に関わる問題である以上に、自己が自己であろうとすることの妨害であると考えたのだ。すなわち、搾取とは、何よりも人が我であろうとすることの否定であり、アイデンティティの根源を奪い去る「妨害」そのものであると考えたのである。

賃労働制度は、遠くイギリスから明治日本に入って来た。代助は「日本対西洋の関係が駄目だから働かないのだ」と言い、常識人たる三千代は「ごまかしていらっしゃるようよ」と批評した。だが、ごまかしているのはいったい誰だろう。「自己が自己であろうとすること」の切実をごまかすことなしに、人は賃労働制度にはいれるものであろうか。

おわりに

漱石は、一九一六年末に亡くなった。ロシア革命の前年であった。不謹慎を承知で言えば、ある意味でこれはよかったのではないか。漱石は堺利彦(一八七一—一九三三)とハガキをかわすほど社会主義にシンパシーを感じていた。[9] 漱石が社会主義のなかに期待したのは、労働者の「自己本位」の実現である。「衣食に不自由のない人が、いわば、物ずきにやる働き」ができるような社会こそが人々の個性を伸ばすはずである。だが、じっさいにロシアに生まれたのは漱石の「個人主義」とは似ても似つかぬ「社会主義」であった。漱石の「自己本位」は、原理的にみた場合、マルクスの言う「労働処分権」の回復、個体的所有の再建に通じている。しかし、当時のマルクス主義者でこの深みにおいて事柄を洞察しえた者は一人もいない。ソ連は、建国以降労働者不在の一種の専制社会になっていった。それでも、少なくない進歩的知識人はソ連を褒めた。漱石がソ連を寿ぐ必要もなく亡くなったことは愚をまぬがれた点で相当に意義深い。

　歴史的に見れば、二〇世紀末までに専制的社会主義は大方崩壊した。あらためて我々の眼前に残ったのは、福沢諭吉が推す「自由社会」である。しかも、明治には想像もできないほどグローバル化した「自由社会」である。漱石ならば、これをグローバルな「金力権力本位の社会」と呼ぶに相違ない。世界人口の一%が残りの何十億人もの人々を牛耳る社会である。「我々は他が自己の幸福のために、己れの個性を勝手に発展するのを、相当の理由なくして妨害してはならないのであります」(「私の個人主義」一九一四)。そうであればこそ、漱石は諭吉の階級観に抗する「自己本位の社会」の到来をますます確信するのではなかろうか。

【注】

(1) 廣田鋼藏著『化学者池田菊苗：漱石・旨味・ドイツ』東京化学同人、一九九四年、を参照。

(2) 三好行雄編『漱石書簡集』岩波文庫、一九九〇年、一〇五―一〇八頁。

(3) 夏目漱石『それから』岩波文庫、一九三八年、八七―九一頁。

(4) 同、九一―九二頁。

(5) 夏目漱石『彼岸過迄』新潮文庫、一九五二年、二六七頁。

(6) 福沢諭吉『学問のすゝめ』岩波文庫、一九四二年、一一―一二頁。

(7)「私の個人主義」三好行雄編『漱石文明論集』岩波文庫、一九八六年、一一三―一二四頁。

(8)「明治四〇年（一九〇七）書簡917　八月一六日　中村古峡宛」『漱石全集　23』岩波書店、一九九三―九九年、一〇九頁。なお中村古峡（一八八一―一九五二）は漱石の門下生で、文学者、心理学者。一九一七年日本精神医学会を設立、同会長となった。千葉に中村古峡記念病院がある。

(9) 堺利彦は一九〇五年一〇月二八日付けで、じきじきに漱石宛でF・エンゲルスの肖像画つきの絵葉書に『吾輩は猫である』を「面白く読んだ」と送った。一九〇六年（『坊っちゃん』を書いたまさにその年）漱石は「小生もある点において社界主義ゆえ堺枯川氏と同列に加わりと新聞に出ても豪も驚く事これなく候」と書きのこしている。中島国彦、長島裕子編『漱石の愛した絵はがき』岩波書店、二〇一六年、一八頁。

第13章　自己本位と則天去私

夏目漱石（一八六七―一九一六）の最晩年の心境を物語るのは「則天去私」であると長らく言われ、いまなお言われている（松岡譲 一九一六、赤木行平 一九一七、小宮豊隆 一九三八、宮井一郎 一九八五、高橋英夫 一九九〇、水川隆夫 二〇〇二）。この言葉は、『漱石全集』索引で二度使われており、いずれも四文字の揮毫に関わる。幸い、死の直前に発刊された『大正六年 文章日記』（一九一六）に寄せた「文章座右銘」の説明において、漱石はその意味を語っている。

「天に則り私を去ると訓む。天は自然である。自然に従うて、私、即ち小主観小技巧を去れという意で、文章はあくまで自然なれ、天真流露なれ、といふ意である」。

漱石は、文章を書く時の彼なりの極意のようなものを「則天去私」とまとめたのである。ところがあまりにも巨大な漱石の死を前にして、また仄聞するところでは、死の間際に枕元にいた弟子の数人（松岡譲、森田草平、小宮豊隆）は、「則天去私」をやや大袈裟に受けとめすぎたきらいがあると私は思う。というのも、弟子たちは、芸術上の手法という限定を外して、それがあたかも漱石の最後の人生観の到達点であったかのようにこの言葉を持ち上げた。このために一九五〇年代の漱石論は、一時期だけであるにせよ、「則天去私」を擁護する側と否定する側（江藤淳）に分かれるという迷路に入ってしまった。弟子筋が聖漱石を描きすぎたために、江藤は嫂をめぐる漱石のエゴイストぶり（凡人さ）を追求することになった。だが、こうした成行き自体が、どこか的を外していると思う。

問題はどこにあるか。もし、「則天去私」を漱石の思想の歩みの中で位置づけるとすれば、一九一四年の講演「私の個人主義」の「自己本位」とどういう関係に立つのかを解明すべきであった。迷路にはまった研究史の中でこのことがほとんど行われていないのは驚くべきことである。一九一四年と一九一六年の間に、転換があったのか、なかったのか。私は、ないとみる。

一九一四年の漱石は「自己本位というその時得た私の考は依然つづいています。否年を経るに従って段々強くなります」「実をいうとその応用ははなはだ広いもので、単に学芸だけには止まらないのです」と述べた。ここから推せば、「自己本位」とは持続性と超越性を内包する原理的なものなのである。私は、このような原理がわずか二年で消えることはありえないと直感する。同じ漱石が最晩年に「則天去私」を語ったとすれば、当然「則天去私」は「自己本位」のなかにあり、その延長上にあるべきものだ。では「自己本位」のなかの「則天去私」とは何か。字面だけで見ると、両者は反対方向に向かっているように見えるかもしれない。転換をとなえる者らが前提するのは、「自己」および「自己本位」をエゴイズムと考え、それを完全に乗り越えたとき「則天去私」が出てきたと見る凡庸な推理である。

こうした転換を肯定しようとすまいと、「自己」と「私」を同一視するのは、今もって漱石解釈の主流とさえ言える。小宮豊隆、江藤淳、柄谷行人、水川隆夫まで、「自己」はエゴでありエゴイズムであり、つまりは悪なのだ。ところが、どう見ても、「自己本位」の「自己」が悪であるなどと漱石は言っていない。

江藤淳は、実は漱石をまったく信じていないようで、「自己本位」は「滑稽を通りこしてむしろ悲愴の感が深い」（『夏目漱石』一九五五）という。ついでに言うと江藤が流行らせた「我執」という言葉（ないし見方）は、三好行雄や柄谷行人、水川隆夫にも受け継がれており、わかったようでわからない魔法の言葉になっている。そもそもエゴイズムはエゴイズムである。これを「我執」という言葉に置き換えると意味のズレが生じる。「我執」というのは仏教用語でアートマ・グラーハという。エゴイズムという英語を「我執」に置き換えるとたちまち東洋的バイアスがかかってしまう。それは、最初から我執は悟りによって取り除かれるべきものと前提してしまう。それゆえ、宮井一郎は「則天去私」は願いであって、漱石が「悟達」していたわけではないなどと言う。

こういう一連の解釈は、漱石自身が「悟達」を目標にして生きていたかのように考え過ぎている。およそ「悟り」ほどエンドレスなものはない。山に登ったと思ったら、その先の山が見えてくるだけである。私は、かつて、漱石が「自己ｓｅｌｆ」と「利己ｅｇｏ」を区別したことを考証しておいた。これをもとにして言えば、「自己本位」は「去私」と順接する。自己＝利己＝私を捨てて「則天」する必要は、最初からないのだ。

こういうふうに課題を絞ると、誠実に「自己本位」と「則天去私」の関係を扱った研究は二つほどしかいない。

一人は唐木順三（一九〇四―一九八〇）。唐木は、著書でほんのわずかに、「私の個人主義の現れが則天去私である」と述べている。つまり、連続したものであるという。「私の個人主義」のキーワードは「自己本位」だから、「自己本位」と「則天去私」はなんら矛盾しないというのは至極当然である。ただ、惜しむらくはここには論理がない。矛盾したものではないということとなぜそこへ至るかということは一段違った論理を必要とする。唐木にはその説明がないのである。

もう一人は水川隆夫。水川は、『漱石と仏教』（二〇〇二）で「則天去私への道」を独立項目としてとりあげ、詳細に漱石の仏教とのつきあいを跡づけ、浄土真宗の親鸞へ行き着く。そして、「『則天去私』という言葉は、最晩年の親鸞の言葉『自然法爾』を想起させる」（一七三頁）と書いている。漱石が親鸞を尊敬していたことはその通りである。だが、親鸞には残念ながら「自己本位」という、漱石が西洋思想を継承した境位がないから、たとえ漱石の「則天去私」が仏教と深いつながりがあるとしても、東西を見渡す漱石のスケール観がない。

漱石の思想の核心は、西洋近代から抽出した「自己実現」の思想と東洋からもらい受けた「天（公）／私」の思想の、そのいずれにも単純につき従わず、東西を超えた「自己を基礎とした標準」（「戦後文学の趨勢」一九〇五）、いわば「普遍者の自覚」を求めたところにある。「模倣と独立」（一九一三）にも、「昔は支那の真似ばかりしておったものが、今は西洋の真似ばかりしているという有様である」から「そう真似ばかりしておらないで、自分から本式のオリジナル、本式のインディペンデントになるべき時期はもう来ても宜しい」という。

しかし、それからちょうど一一〇年経って思うに、どこまで私たちが世界的普遍まで到達したであろうか。そもそも漱石の言う「東西を超えた自己」とは何か。これは従来の研究ではまだ十分解明されていない。それには理由がある、評論家も学者も、漱石が西洋と東洋を高い峰で展望した裾野を這いずり回ってるから、漱石の本当の葛藤まで届いていないのである。

漱石の「自己本位」は、西洋近代から引き出されていると同時に万人の「自己本位」につながっているために、西洋近代を否定する可能性を含んでいる。漱石が「第二フランス革命」と言ったのは、一つのユートピアかもしれないが、万人が「やりたいこと」と「やっていること」を合致させるべく自己を貫くことを指す。このとき万人は幸福でありうる。いまは、人は生きていくためにこの合致を諦め、耐えている。合致のためには、目の前に現にある「金力権力本位の社会」を転換させ「人の真似」を強制する根源を取り除かねばならない。では、誰が「間違ったる世の中」を壊すのか。

かつて私は、漱石の作品史を追いかけて、三つの論理系列があると考えた。第一は、利己と利己の闘争の論理系列。第二は、利己を超えた賢人が出て来て、利己を上から批判する論理系列。第三に、賢人を一切ださずに、登場人物をして自然に語らせ、そのなかから新旧の価値の相克を描く論理系列である。第三の論理系列は、表層の小市民や高等遊民のごとき知識人をあるべき主体とせず、土方人足を深層の主体として想定している（『諭吉の愉快と漱石の憂鬱』二一〇頁）。「利己」の闘争は、もはや神や賢人によらず、広義の土方人足の知識人化に求められる。

絶筆となった『明暗』で漱石は「則天去私」を方法として使いながら、西洋／日本／アジア大陸という近代世界システムの内部に封じ込められた津田、お延といった小市民的中産階級と朝鮮へ都落ちした脱落者小林、およびかつての恋人清子の対抗を「ありのまま」に描く。津田夫婦の中産階級的価値観をみて「始終ぐらぐらしている」と急所を突くのは、小林の底辺的価値観と清子の、おそらくは透徹した女性の自律を求める価値観とである。

漱石の死によって中断された後の展開を大胆に予言すれば、津田は、小林から攻撃され、清子からは突き放され、改めてお延の求愛に応えようとするが、彼自身の社会的経済的地位を脅かすなんらかの大きな変動が起こり、けっきょくお延にも捨てられてしまう。このようにして、津田夫婦の依拠した出世的価値観は崩壊する。そういうことを漱石が描きそうな感じがしてならない。

漱石は「今度の『明暗』なんぞはさういふ態度（則天去私……竹内）で書いてい」ると語ったそうだが、「則天去私」に立つということは、他人がどれほど愚劣であろうとも、他者をその他在において理解することから始めねばならない。決して自己の都合にあわせて他人を動かそうとしたり、命令したり、誘惑する必要はないのだ。しかし、だからと言って、いわゆる「自然主義」のように写実に徹して理想を失ってしまうわけではない。対象の「自然」に即しきるのである。そうすると、「去私」的な描写の中から、社会の存立構造に即した新旧価値観の相克が現れるに違いない。私の言う第三の論理系列ならこれが可能となる。これを対象側の論理とすれば観察者（作家）は sachlich であってよい。しかも、漱石の望む結末を物語に押しつける必要はなく、自分の分身を小説の中心にもってくる作家のせせこましさからも解き放たれる。個々の人物の相互作用がおのずと絡み合ってある帰結を招くのだから、それにたいして漱石は価値自由 wertfrei であればよい。要するに、作品の登場人物はそれぞれの「利己 ego」をもとめて生きるし、生きざるをえないが、このつばぜり合いのなかから、なぜ、どのように、どこから本当の「自己 self」が生まれるか。

漱石は、これを描く芸術上の手法を「則天去私」と呼んだまでのことである。別の言葉で言えば、作家とは社会が足元に落とす影を描く一つの表現機能である。people はその影（小説）を読むことをつうじて初めて社会本体をありありと認めるのだ。よって、もっともリアルな作品は最も虚心坦懐に書かれたものである。漱石は、思想の自然化をつうじて「自己を基礎とした標準」ができあがると考えたのである。

第14章　ぼくの思想史の方法
——構造・コンテクスト・テクスト——

これまで無手勝流でやってきた思想史の方法を振り返ってまとめてみたい。

1　タテ（時間軸）の思想史

（1）構造。もっとも基底的な構造の次元で、モチ社会・ナマゴメ社会・オニギリ社会（この比喩を見田宗介から借りている）という類型を通史的に継起させてみる。モチ社会というのは個別者が存在せず、全体があるような社会である。次にモチとモチがぶつかって、粉々に割れてしまうと、ナマゴメを個別者 Einzelne とするところの、全体のないナマゴメ社会ができあがる。この社会はエゴと抜け駆けの社会である。これが私たちの生きる近代である。ご苦労さんである。最初にナマゴメ社会をつくったのは西欧近代である。私利を土台にして、公が総括する公私二元論という構造がここにできあがる。ところが、公私二元論が地球に広がりつくすと近代世界システムが誕生し、柄谷行人が言う戦争、環境破壊、経済格差が荒れ狂い、人類はいずれ生きていけなくなる。だから、いずれは個体Individuumと総体Totalitätが調和するオニギリ社会へ移行するだろうと思う。

（2）コンテクスト。構造というものは、降り積もる雪のようにできあがるものであるが、後の時代になるにつれて徐々に自覚的に選ぶものになってゆく。人びとの営みが世代から世代へ継承されていくとき、私たちは人びとのやり口をいつも見て育つ。失敗や成功が繰り返され、そこから親の世代が気づかなかった新しい感覚が次の世代で生まれ、工夫と挑戦が繰り返されていく。ラグビーにたとえて言えば、ハイ・パントを蹴り上げて、陣営を前に進めておいて、スクラムを組んでまた前に押していくようなことを私たちはやっている。一人の人間は、降り積もる雪のひとつの切片のようなものだ。天から地に落ちて、溶けないうちに次の切片が自分の上に重なってゆくのを辛抱強く待つのである。自分より早く積もった下雪のうえに私が乗り、後に続くものを待つ。こういう前後関係や脈絡を私は文脈コンテクストと呼ぶことにしよう。一般的に、構造よりもコンテクストの持続は短い。

あとから見るとわかることであるが、コンテクストは沈殿して恒常的な基層をつくれば構造と化す。だが、新雪はまだふわふわしていて、灰色の空と一体である。いかなる新雪も下雪があってはじめて積もる。それと同様に、いかなるコンテクストも構造の上のコンテクストである。西欧思想史の例で言うと、ギリシアに端を発し、トマス・アクィナスまで続いた考え方はモチ社会に対応する。それはまず全体（whole）を考えておいて、そのなかに部分（part）を位置づけるという思考様式と不可分であった。ところが、Ｔｈ・ホッブズはこれらの偉大な思想家たちに我慢がならず、「全体」に従属していた「部分」を「私 private」と定義しなおした。すると「私」は「公（public）」を自分たちでつくれるようになった。ホッブズのケースは彼のコンテクスト（前後）関係が、構造の切れ目でもあったという意味で、まったく驚嘆に値する思考革命を引き起こした。

（3）テクスト。テクストはふつう本をさすが、必ずしも本だけではない。行為、声、歌、踊り、祈り、ファッションなんでも原文テクストたりうる。たとえば、校則で坊主頭を強制される学校に、たった一人で長髪のまま登校する子どもがいるならば、この子の髪の色、細い毛のやわらかさ、風にそよぐ毛髪が肌のうえをそよぐ様などは、同級生にとって衝撃的なテクストである。私たちは、人間の個別性の中に、大きな構造や中くらいのコンテクストの影を見るが、同時にたった一人の自分を自己自身で代表せざるをえない個体（テクスト）の表明を時代の先取りとして見ることがある。模倣ではなく、如何ともしたがい独立を背負う者は、来るべき構造を、個体のかたちで先取りするほかはない。一人一党の原理だけが世界を開くのだ。

構造はいわば普遍であり、コンテクストは特殊、テクストは個別／個体である。構造はコンテクストを変形し、テクストを圧迫する。しかし、テクストとコンテクストも構造に対して果敢に反作用する。こういう三つの層を組み合わせながら、人間の営みを描いていくことが、ぼくの思想史の方法である。以前に、ぼくは西洋近代社会思想史をまとめたことがある。それはモチ社会からナマゴメ社会を通ってオニギリ社会へ向かうタテの歴史である。

2　ヨコ（空間軸）の思想史

しかし、これではまだ物足りない。タテで世界の先頭に立った西洋近代（ナマゴメ社会）は、空間的に横へ横へ侵入し、多くのモチ社会を壊したり、変形させた。西洋によって南北アメリカとアジア・アフリカはおおきく変形せしめられた。だから今度はいわばヨコの思想史を考えていきたい。ヨコというのは、「発展する側」と「発展させられる側」が空間的に併存して抗争する思想の歴史である。すると、日本の西洋化にあらがう夏目漱石、朝鮮併合と闘う安重根、中国で抵抗する魯迅、最後にインドで対英帝国主義闘争をおこなったガンジーの「サティーヤグラハ」など、全体として西洋文明への追随から抵抗への、輝く思想の連続があることに注意が向かう。

西洋文明が自然と人間を暴力的に支配したとしたら、本当の文明は非暴力原理で、つまりＪ・ガルトゥング（一九三〇—）の言う構造的、直接的、文化的暴力を打倒する方向へ向かうと言ってよいかもしれない。ここで、西洋による世界支配は原理的に解体される。そういう意味で、アジアの非暴力原理は西洋近代を内在的に克服する。東西相克を本当に乗りこえる思想史が銀河系太陽系第三惑星の場を統一するものとして（つまり、オニギリの世界社会形成史として）書かれてよいはずである。

【初出一覧】

坊っちゃんの世界史像
一人称主人公視点
ビートルズ革命の世界史的意味　　書き下ろし
大城立裕の二人称「おまえ」
君は君のままで
おじさんの歌
竹内好と丸山眞男
都市は笑う
寺島実郎の議員削減論に異議あり
小説の未来
現代の個人　『桃山学院大学社会学論集』第55巻2号、二〇二二年二月。
漱石における賃労働の問題
自己本位と則天去私
ぼくの思想史の方法

掲載雑誌および書き下ろしの規定のないものは、市民科学京都研究所編『市民科学通信』第15号~第41号（二〇二一年八月二六日~二〇二三年一〇月二八日）に発表した。

www7b.biglobe.ne.jp/~shimin/Tuushin itiran.html

あとがき

ぼくは忙しいから、君、代わりに寝ておいてくれというのは無理だ。食べないから、代わりに食べといてくれとも言えない。背中が痒いから、君の背中を掻いといてくれと言ったら、お笑いだ。谷川俊太郎ふうに言えば「他人でないのは自分だけだ」(『その世とこの世』岩波書店、二〇二三)。個体は他人によって代行不能ななにものかなのだ。

ところが、まさに近代社会というのは、表向きは「個人の尊厳」をまもるためにあると説明されている。けれども、裏に回るとこのことが真実であるとは言いがたい。およそ近代憲法というものは国民代表制を採用している。その前提は何かというと、国民を働かせるためには政治をやる暇を与えないということなのだ。

政治というのは、まさしく自分自身に関わることなのに、どうしてぼくは他人(国民代表)に政治をまかせるのだろう。国民代表と言われる人は、たいてい国民に寄り添いますとか、国民の声を国会に運びますと言う。だが、国会開設以来、一度もそうしてもらえたためしはない。諸国民は、(ジョン・レノンが言うように) 天国、地獄、殺す理由、死ぬ理由、宗教、国家、所有、貪欲、飢餓が存在せず、人々が平和に生きられる世界を望んでいる。有権者からみると、どんなにメニューが豊富であっても、現行の多党制のもとでしっくりくるものはない。皆が多かれ少なかれ瘦せ我慢をして投票する。足に合わせて靴を選ばず、靴に合わせて足を切っているのだ。近代社会とか国民主権とかいうが、所詮纏足制度以外の何物でもない。

ゆえに、こういう不合理を根本的に無くすためには、一人一党の原理で対処しなくてはならない。個体はなんぴとによっても代行されえない。私の行為だけが私を代表する。ものを書くという行為は、代行不能ななにごとかを書くことである。読むという行為も同じで、代行不能ななにごとかを読むことである。そもそも、生きること自体が代行不能なのだから、読み書きがそうなるのは当然のことだ。ましてや政治や経済が代行可能であってよいはずはない。大事なことを勝手に決めてはいけないのだ。

本書の論文は『市民科学通信』と『桃山学院大学社会学論集』に書きためてきたものである。市民科学京都研究所の同人と社会学部の同僚の皆さんに感謝する。

また、いつも散歩しながらぼくのエッセイの構想を倦むことなく聞いて適切なコメントをくださった吉村恵にたいして、この場をかりて、謝意を届けたい。

本書の出版にあたって、浜田和子さんおよび杵鞭真一さんに大変お世話になった。『社会学の起源　創始者の対話』(二〇一五)、『石田雄にきく　日本の社会科学と言葉』(二〇一五)以来のつきあいである。心より感謝申し上げたい。

二〇二四年三月某日

竹内　真澄

◆著者略歴

竹内真澄（たけうち・ますみ）　社会学博士

1954 年　高知県生まれ

1982 年　立命館大学大学院社会学研究科博士後期課程単位取得退学

現　在　桃山学院大学社会学部教授、京都自由大学講師

〈主な著書〉

『福祉国家と社会権　デンマークの経験から』晃洋書房、2004 年

『物語としての社会科学　世界的横断と歴史的縦断』桜井書店、2011 年

『諭吉の愉快と漱石の憂鬱』花伝社、2013 年

『社会学の起源　創始者の対話』本の泉社、2015 年

『近代社会と個人〈私人〉を超えて』御茶の水書房、2022 年

『思想から見た西と東　西洋思想史のアジア論的転回』本の泉社、2024 年

〈編書、共著〉

『水田洋　社会思想史と社会科学のあいだ』晃洋書房、2015 年

『石田雄にきく　日本の社会科学と言葉』本の泉社、2015 年

坊っちゃんの世界史像

2024年7月29日　初版第1刷発行

著　者　竹内真澄
発行者　浜田和子
発行所　株式会社 本の泉社
〒160-0022　東京都新宿区新宿2-11-7　第33宮庭ビル1004
TEL：03-5810-1581　FAX：03-5810-1582
印刷：株式会社 ティーケー出版印刷
製本：株式会社 ティーケー出版印刷
DTP：杵鞭真一

日本音楽著作権協会（出）許諾第2405109-401号
NexTone　PBPB000055229号

ISBN 978-4-7807-2265-9 C0095